隅田川

慶次郎縁側日記

北原亞以子

朝日文庫

本書は二〇〇五年十月、新潮文庫より刊行されたものです。

隅田川　慶次郎縁側日記●目次

隅田川　慶次郎縁側日記

うでくらべ

やはり、雨になっていた。それも、蜘蛛(くも)の糸のように細く、粘り気を感じさせる雨だった。

　市中見廻りを終え、御用部屋での仕事を片付けて、南町奉行所の玄関へ出てきた森口晃之助(もりぐちこうのすけ)は、顔をしかめて空を見た。

　雨は何の光を映すのか、夕七つを過ぎた薄闇(うすやみ)の中を、ふと銀色に光って地面にしみこんでゆく。屋根の下で見ていれば趣があるが、見廻りには始末がわるかった。いつのまにか蓑(みの)の中まで濡(ぬ)らし、大島紬(おおしまつむぎ)の肩までしめらせてしまうのである。明日からの見廻りを思いながら、晃之助は、辰吉(たつきち)の差し出した傘を受け取った。

　辰吉を従えて、奉行所の門を出る。

　時刻の感覚を狂わせるような暗い雲が江戸の町をつつんでいて、黙りこくって降りしきる雨が、他の物音も吸い取っているようだった。傘をうつ雨の音も妙にしめやかで重苦しい。

「梅雨(つゆ)ですかね」

と、辰吉が言った。

「毎年、梅雨のはじめは土砂降りになったような気がしやすが」

そう言われれば、毎年、出水騒ぎが繰返されている。そして毎年、この時期に雨が降り出すと、昨日までの暖かさが嘘のように肌寒くなる。

数寄屋橋御門外の元数寄屋町であった。一丁目から四丁目までの町並がつづいていて、いつものこの時刻は、仕事場から帰る職人や、天秤棒に空のざるをくりつけた行商人などが家路を急いでいるのだが、今日は、袢纏を頭からかぶって走って行く男とすれちがったきりで人気がない。職人も行商人も、雨が降り出すと同時に仕事を切り上げて、帰ってしまったのだろう。

四丁目を抜けて、尾張町一丁目の大通りへ出た。晃之助の帰り道は、尾張町から京橋へ向い、橋を渡ってから京橋川沿いを歩いて行くときまっている。

が、ふいに気が変わった。暗い雲の下で、降るともなしに降る雨に濡れそぼっている町を歩いているうちに、筆屋の母娘を思い出したのだった。

娘の縹緻を売りものに、繁昌していた筆屋だが、その娘が去年の暮から患いついた。主人は一昨年に他界したとかで、母親のおせんが店に坐るようになった。

養父の森口慶次郎の話では、おせんも娘のおふさに負けぬ美しい娘だったそうだが、今年はもう四十一だとか、ふつうならば孫がいてもおかしくない年頃の女である。しかも、亭主の死、娘の長患いという不運つづきで身も心も疲れはてたのか、五十過ぎに見えるほど老け込んでいる。

雨に濡れそぼっているように肩をすぼめた女が店先に坐っていては、客が寄りつかなくなるのも道理で、売り上げはかなり落ちているらしい。晃之助は、今年の正月、夕暮れの雪道で行きなやんでいたおせんを家まで送ってやったことから縁ができ、時折、愚痴を聞いてやっているのだった。

道は、尾張町から銀座とも呼ばれている新両替町に入っていた。すでにどの店も大戸をおろしていて、傘をうつ雨の音と足音だけがついてくる。三丁目も二丁目も通り過ぎ、一丁目も終りに近づいて、京橋が見えてきた。

晃之助は辰吉を呼んだ。

「すまないが、先に帰ってくれないか。俺は、ちょいと佐倉屋へ寄って行く」

「例の筆屋ですかえ」

と、辰吉は、川沿いの道を眺めながら言った。

「娘の病いが、たちのわるいものじゃねえといいのだがと、弓町の太兵衛親分も心配していやしたよ。お気をつけて行っておいでなさいやし。お屋敷へは、あっしがお伝えしておきやす」

　辰吉に見送られて、晃之助は、一丁目の角を曲がった。雨は、京橋川に音もなく吸い込まれている。夕暮れの薄闇は、わずかの間に濃くなったようだ。

　与作屋敷と呼ばれている一劃を通り過ぎると水谷町で、藍玉問屋の看板が、止金がゆるくなっているのか薄闇の中で揺れている。隣りに艾屋があって、その隣りが建具額縁問屋、佐倉屋は、葉茶屋の角を曲がった横丁にあった。

「なまじ私が佐倉屋の看板になったもので、親のきめた許婚者は婿入りを嫌ってしまいまして。そんなわけで、私は二十を過ぎても白歯のまま店に坐っておりましたのですよ。死んだ亭主が佐倉屋の聟となってからも、おふさをみごもるまで、店に出ておりました」

　おふさも十六の春から店に出てくれて、十九となった今年の四月には祝言をあげることになっていたのにと、雨の中からおせんの愚痴が聞えてきたような気がしたが、佐倉屋の大戸を叩いても返事はなかった。

　晃之助は、裏口へまわった。女所帯では不用心だからと、収入が少なくなってからも飯炊きの男だけは置いていて、おせんが出かける時はその男が留守番をしている筈なのだが、声をかけても返事はない。しかも、錠がおろされていた。

おふさの容態が急変したのだろうかと思った。戸板ではこび込むとすれば、診立ての代金も薬代も催促をせず、腕はたしかだと晃之助が教えてやった玄庵のところしかない。晃之助は、中ノ橋を渡って本八丁堀に入り、玄庵の家へ急いだ。

玄庵は、作務衣のような着物の袖をまくりあげて出入口に立っていた。おせん母娘について尋ねたが、今日は、飯炊きの姿も見ないと言う。おふさの薬も、昼前に亭主の風邪薬を取りにきた葉茶屋の内儀が、昼前に持って行ってくれたのだそうだ。

「そのあとで、おふさちゃんの容態が変わったとすれば、飯炊きの爺さんか葉茶屋の女中が素っ飛んでくると思うが」

おせんも飯炊きも、早めに床に入ってしまったのではないかと玄庵は言った。考えられないことではないが、いくら売れ行きが落ちたとはいえ、一本の筆も売れぬということはないだろう。おせんが帳面の計算を放り出して眠ってしまうとも思えない。

「佐倉屋に一番近い医者というと」

「そりゃあ、新両替町一丁目の岳堂先生だろう」

「ここまではこぶことができなくって、そちらへ行ったのかもしれない。探してみます」

ぬかるみとなった道を駆けてくる足音が聞えなかったわけではないが、晃之助は、垣根の外へ飛び出そうとした。あやうく鉢合わせをするところだった。垣根のうちに飛び込んできたのは、先に帰った筈の辰吉だった。

「やっぱり、こっちだった」

と、辰吉は言った。

「佐倉屋が留守なら、きっとここへきなさると思ったものだから」

自分も煙草を買うなどの寄道をして八丁堀へ戻ってくると、おせんが晃之助の帰りを待って、屋敷の門前に立っていたというのである。飯炊きの男も、このところひどく目がわるくなったというおせんを心配して、屋敷の前までついてきたらしい。

「飯炊きの爺さんの方は、もうおふささんが眠っている佐倉屋へついた頃だそうですが」

皐月を呼んでおせんを部屋に上げ、辰吉は、晃之助は玄庵宅にいるという勘を信じて走ってきたという。

「何でこんな目に遭うのかと、おせんさん、泣いていやしたよ」

晃之助は玄庵への挨拶もそこそこに、新緑の垣根の外に出た。

話がすんだあと、おせんを水谷町まで送って行くつもりなのだろう。辰吉はすぐに天王町へ帰ろうとはせず、皐月にすすめられるまま、山口屋から届いた酒が置いてある台所へ入って行った。皐月は八千代を抱いて隣りの部屋にいる。晃之助は、茶をはこんできた女中が唐紙を閉めるのを待って、「相談とは何だえ」と言った。

隣りの部屋から、八千代のむずかる声が聞えてきた。晃之助は苦笑して、唐紙をふりかえった。

近頃の八千代は、「お帰りでございます」という辰吉の声を聞くと、皐月に手をひかれてあらわれる。晃之助もまず八千代を抱き上げて、「おとなしくしていたかえ」などと話しかけ、すすぎを使う間も、着替えをする時もそばに坐らせてやる。慶次郎によると、晃之助の方が八千代にくっついているのだそうだが、今日は、出迎えてもらえず、抱き上げてもやれなかった。晃之助の声を聞きつけた八千代は、そばに行かせてもらえぬ不満を皐月に訴えているのだろう。「おとなしくなさい」という皐月の声も聞えてきた。

「お疲れでございましょうに、申訳ございません」

おせんは、痩せて小さな軀をなお小さくして頭を下げた。

「旦那に申し上げるほどのことではない、自身番屋へ訴えればよいとも思ったのでございますが」

「遠慮することはないさ」

と、晃之助は言った。

「俺はたった今、お前さんとこへ寄ってきたんだぜ。相談があるのなら、喜んで聞くよ」

「有難うございます」

おせんはもう一度深々と頭を下げ、「何でこんな目に遭うのか」と、辰吉が言っていた言葉を口にした。襦袢(じゅばん)の袖口で目頭を押えた姿は、しおれきって縮んでしまった花のようで、晃之助は、屋敷の中にも小糠雨(こぬかあめ)が降っているような錯覚を起こした。

「私どもの売り上げが減っていることは、ご存じでございましょう」

と、おせんは言う。

「その私どもから、筆を盗んで行く者がいるのでございます」

「盗んで行く? 盗人(ぬすっと)に入られたのか」

「いえ」

おせんは、少々ためらってから言葉をつづけた。

「人を雇う余裕がございませんもので、私一人が店番をつとめております。その私がおふさに呼ばれたりして、店先からいなくなった隙に盗むのでございます」

「白昼にかえ」

「はい。一度などは、筆を買うから見せてくれと言って四、五本を出させ、残らず持って逃げました」

「子供か」

「十一、二の」

と、おせんは言った。

いたずら盛りの年頃である。小遣いでも買えるようなものを盗むのを、勇気がある証と勘違いをする子も少なくない。度胸だめしとか興奮するとか、愚にもつかぬ理由でつまらぬものを盗んで晃之助に捕えられ、両親と一緒にたっぷりと油をしぼられて、泣きながら帰って行った子も何人かいた。

が、おせんの口ぶりでは、同じ子供が佐倉屋での盗みを繰返しているらしい。おせんを騙して筆を奪って行ったなどは、いたずらの域を越えている。おせんの軀が弱く、追いかけて行けぬと承知してやったこととしか思えない。

「今日も、おふさに薬を飲ませている間に盗まれました。店を閉める少し前のことでございます。雨でぬかるんだ道に入ったのか、店に草履の跡がついておりました。もう口惜しくって、口惜しくって」

おせんは襦袢の袖口で目を押え、すぐにそれを手拭いにかえて顔をおおった。おふさが店に坐っていて、手代や女中のいた頃には、考えられなかった出来事であるにちがいなかった。

「買いたいと言って出させた筆を持って逃げたと言ったな。その時に、顔は見たのかえ」

「見てはいるのでございますが」

おせんは、手拭いを折りたたんで、あらためて涙のとまらぬ目に当てた。

「年齢のせいか、目がよく見えなくなってしまいまして。今日のような薄暗い日に敷居際に立たれてしまいますと、つらいのでございます。でも――」

と言って、おせんは晃之助を見た。

「大津屋さんと若松屋さんの伜さんではないかと思うのでございますが」

敷居際に立った姿は、目のわるいおせんには影のように見えたが、その背の高い痩せた軀つきといい、筆を見せてくれと言った声といい、大津屋と若松屋の伜に間違いない。そう断言してもよいと思うと、おせんは、遠慮がちに言った。

「もう一つ、私がおりませぬ時に二人が店から飛び出してきたのを、葉茶屋のおかみさんがご覧なすっているのでございます。ただ、その時は、細筆の入っている引出が開けられていただけなのですが」

晃之助は、黙って腕を組んだ。

おせんの言う大津屋と若松屋が新両替町一丁目の店であるならば、前者は某大名家御用達の煙管所、後者は乾物類の問屋で、いずれも表通りに暖簾を出している。双方ともに伜は二人ずついるが、十一か二というなら次男の方だろう。

が、彼等がたちのわるい盗みを繰返すだろうか。大津屋の主人も若松屋の主人も近所の評判はいたってよく、伜達についても、わるい噂は耳にしたことがない。大津屋の長男は十五になった今年、親戚にあずけられて商売を覚えているというし、十八歳の若松屋の長男は、天地紅の付け文にも顔をしかめるほどの堅物だという。

その弟達である。小さな子供達を泣かせる腕白ではないようだし、手跡指南所の師匠をてこずらせたという話も聞いたことはない。それに、手跡指南所から駆足で帰って行く姿を見かけたことはあるが、佐倉屋の近くにひそんでいるのを見かけたことはない。

「葉茶屋のおかみさんや私の見間違いではないかとお疑いなのは、よくわかります」

と、おせんは言った。

「自身番屋へ訴えても、おそらくその一言で片付けられてしまうと思い、旦那におすがりしたのでございますが」

自信なげな口調とはうらはらに、盗みをしているのは大津屋と若松屋の伜であると、おせんは確信しているようだった。

晃之助は、台所にいる辰吉を呼んだ。辰吉は、さほど酔っていないようだった。晃之助は、明日からしばらくの間、佐倉屋を見張るよう言いつけた。

「もし、おせんさんの言う通りなら、相当にはしっこい餓鬼かもしれない。辰つぁんの顔を知っていないともかぎらないから、下っ引に見張らせた方がいいかもしれないな」

「わかりやした」

辰吉は、下っ引の顔ぶれを考えているらしい顔つきでうなずいた。

「何人かに交替で見張らせやしょう。で、餓鬼——と言いなさいやしたが、そいつらがわるさをしたら、どうすりゃいいんで」

「番屋に突き出しちまえと言いたいところだが、そいつらの親が駆けつけたら、番屋の連中は一も二もなく頭を下げて、子供を帰しちまうかもしれない。下手をすりゃ下っ引も、あやまりに行けと叱られる」

「では、あとを尾けさせて、やつらが家に帰ったのを見届けて、旦那がお出ましになるってえことにしやすかえ」

「いや、うちへ連れてこい。うちへ連れてくりゃあ、親が何かの間違いだと言ってきたところで、皐月が承知しやしない。皐月で足りなければ、養父上にお出ましを願うさ」

「承知しやした」

辰吉は、軽く頭を下げて台所へ戻って行った。水を飲みに行ったようだった。すぐに、「おせんさん、送って行くぜ」という声が聞えてきた。


奉行所の玄関口に控えていた辰吉が、「つい先刻――」と耳許でささやいたのは、それから十日あまりたった日のことだった。

梅雨の晴れ間の、それだけに陽射しがまぶしい日で、大津屋と若松屋の伜は、赤く燃え上がっているような夕陽を浴びながら盗みを強行したらしい。

「人通りが絶えた、ほんのわずかな間だったそうです」

と、辰吉は、数寄屋橋を渡っている晃之助に言った。

「人通りが絶えたので、おせんも店を閉める気になったのでしょう。おせんが土間へ降りると同時にやつらが飛び込んで引出を開け、筆をつかんで逃げようとしたそうで」

晃之助が想像していた通り、背を丸めて引出に突進して行く二人の行動は、大店の子供とはとても思えぬほど素早く、手慣れたものであったそうだ。

「旦那もご存じの、弥五が見張っている時だったんですが、あれじゃ目の前で盗まれても、おせんにはどうすることもできなかっただろうと言ってやしたよ」

それにしても——と、辰吉は晃之助と肩をならべてきた。数寄屋橋を渡りきった元数寄屋町一丁目で、ひさしぶりの晴天のせいか人通りが多かった。低い声だったが、辰吉が人混みの中で話をつづけるのはめずらしい。

「弥五から餓鬼の名前を聞いて、びっくりしやしたよ」

と、辰吉は、晃之助の顔をのぞき込みながら言った。

「大津屋の時之助と、若松屋の角次郎だってえじゃありやせんか。弥五は、お屋敷へ引っ張って行くのをやめようかと思ったそうで」

「時之助と角次郎ってのか」

「大津屋と若松屋の伜ってことはご存じだったんで？」

辰吉は、先に言ってくれればよいのにと言いたげな顔をした。

別の下っ引が根岸へ走ったというが、慶次郎はまだ到着していなかった。が、八千代を女中にあずけて晃之助を出迎えた皐月は、大津屋と若松屋の主人夫婦がきていると言った。

親を呼べと言った覚えはない。下っ引がよけいなことをしたのかと思ったが、人目につかぬように台所から狭い裏庭を抜けてきた下っ引の弥五は、「実は――」と頭をかいた。天王橋近くの湯屋で働いている男だが、大工のような身なりをしていた。

弥五に首すじをつかまれた時之助と角次郎は、筆を投げ捨てて「こわいよう、誰か助けて」と泣き出した。一目で大店の倅とわかる二人が、「助けて」と泣き叫ぶのである。二人をひきずっている弥五の方が悪人と思われかねず、人目にたつのを覚悟の上で、「お前達(めえたち)のような悪餓鬼は、佐倉屋さんが許しても、お天道様(てんとうさま)と俺が許さねえ」とわめきながら八丁堀まできたという。そのようすを見た者が大津屋と若松屋に知らせたらしく、双方の夫婦が追いかけてきたのだそうだ。

「途中、すったもんだがありやしたが、とにかく連れてまいりやした」

晃之助は、苦笑して客間へ入った。非難するような目が、晃之助を迎えた。手下(てした)の者がよけいなことをした、そう詫(わ)びてもらえる筈(はず)と思っているようだったが、晃之助は、黙って腰をおろした。すぐうしろに辰吉も坐(すわ)ったようだった。

伜二人は、それぞれの両親の間に坐っている。親達が非難するような目を向ける気持はわからないでもないが、伜達の態度は我慢ならなかった。大仰に溜息をついては、母親にべそをかいた顔をつくって見せているのである。

殴りつけてやろうかと思ったが、まだ早いと自分に言い聞かせた。誰も口をきかず、父親が帰ってきたとわかったらしい八千代の声と、八千代を宥める皐月の声だけが、いつまでも聞えていた。

「いったい、どういうことでございます」

黙っていることに耐えられなくなったのだろう、大津屋の主人が口を開いた。

「大津屋又兵衛でございます」

そうなのったあとで西国の大藩の名前をあげて、御用達をつとめていると言った。

「ふうん」

それが、晃之助の返事だった。

「手前どもと若松屋さんの伜が佐倉屋さんの筆を盗んだ、伜どもの手を捻じりあげていた乱暴な棟梁は、そう言いなさいました。が、私達が伜どもに聞きましたところ、まったく身に覚えのないことだと言っております。また、いきなり八丁堀のお屋敷に連れ込まれたのも腑に落ちぬことでございます」

非難するような目が、探るような目になった。大津屋も若松屋も、伜は信じているらしいが、町方を信じてはいないようだった。今は町人より、町方を含めた武士の方が金で動くと思っているのだろう。伜達が組屋敷へ連れてこられたのも、たちのわるい定町廻り同心が言いがかりをつけて、大金を強請りとろうとしていると用心しているのかもしれなかった。

そう思われても仕方のないところもあるが。

晃之助は、胸のうちで言って苦笑した。

「俺の情けさ」

又兵衛だけではなく、若松屋の主人も首をかしげた。

「俺が佐倉屋を見張らせていたのよ。時之助と角次郎がわるさをしやがったら、すぐに俺の屋敷へ連れてこいと言いつけておいた」

親達は絶句し、二人の伜は蒼白になった。

「おせんの軀が弱っているのをよいことに、こいつらは盗みを繰返していやがった。灸を据えられるのは当り前だろう」

「嘘です」

かすれた声が言った。若松屋の内儀だった。

「何かの間違いです。私どもの伜にかぎって……」

「もう一度伜達に聞いてみねえ」

若松屋の内儀が伜の角次郎を見た。大津屋の内儀も時之助を見た。

しばらく母親を見返していたが、やがて時之助が目をそらし、角次郎がうなだれた。

が、それでも、親達には信じられぬらしい。大津屋又兵衛も、若松屋三五郎も、伜達の肩を揺すって「ほんとうか」と繰返した。盗みなどしていない、定町廻りがこわいから嘘をついただけだという答えが返ってくるまで、伜の肩を揺すりつづけるつもりのように見えたが、伜達は、小さな声で「盗みました」と言った。

父親達の手がとまった。それから晃之助を見た。伜達が言ってしまい、自分達が聞いてしまったことを、晃之助も耳にしてしまっただろうかと疑うような目の色だった。

「出来心なのだろ？　こわいもの見たさに似た気持で一本か二本盗んで、どうやって返そうかと考えていたのだろ？　え？」

時之助と角次郎が晃之助を見た。嘘をついたら承知しないと、晃之助は目で知らせた。二人は、うなだれてかぶりを振った。

「四、五本盗んだのかえ」

「もっと」

又兵衛と三五郎が、ふたたび晃之助を見た。聞かなかったことにしてもらいたいようだった。

晃之助は、親達には知らぬ顔で、時之助と角次郎を見据えていた。二人は目をしばたたいて、「何十本かわからない」と小さな声で言った。

親達の溜息が聞えた。

「でも」

と、時之助が又兵衛の膝に手を置いて言った。

「わたし達はわるくないんです」

「なぜ」

親達より先に晃之助が尋ねた。

「だって、仕方がないんです。負ければ、ご褒美のかわりに殴られるんですもの」

「誰に」

「林太郎さん」

「屛風師の亀井千右衛門の倅です」

と、若松屋三五郎が言う。

「それと、卯三郎さん」

雨月（うげつ）という料理屋の次男で、いずれも時之助や角次郎より一つ年上だと、これも三五郎が説明した。店は、新両替町一丁目にあるという。

「林太郎と卯三郎か」

辰吉が苦笑した。名の知れた屛風師と、界隈（かいわい）では随一と言われる料理屋の伜だが、買い食いはする、小僧や子守はいじめる、親の煙管や簪（かんざし）は質に入れてしまうで、かなりのあくたれらしい。ことに卯三郎は、養子の話も断られたという噂があるほどだという。

「ですから私どもも、あの二人とは遊ぶなと、小さい頃から言っていたのですが」

と、大津屋の内儀が遠慮がちに言った。

「むりやり、わるい遊びに引き込まれたのだと思います」

「そうなんです」

と、時之助が割り込んできた。

「わたし達が手跡指南所から帰るのを、二人が待っているんですもの。待っていて、あちこちからいろんなものを盗んでこい、腕くらべだって言うんですよ。だから、仕方がないんです。佐倉屋の小母（おば）さんが困っていたのは知ってたけど、それは林太郎さんと卯三郎さんのせいなんです」

「まったくだ」

と、又兵衛が言った。

「あの二人に迷惑しているのは、佐倉屋さんだけじゃない。町内軒並、迷惑しているんだ。せめてお宅の倅がうちの倅によけいなことを教えぬようにしてくれと、千右衛門さんや雨月さんに頼んでおけと言ったじゃないか」

「頼んでおきましたともさ。でも待ち伏せをされたのじゃ、どうすることもできないじゃありませんか」

「佐太平ちゃんも、十次郎ちゃんもやってるの」

母親がかばってくれたことに勢いづいたのか、時之助は、友達らしい名前をあげて訴えた。

「佐太平ちゃんと十次郎ちゃんは、荒物屋へも金物屋へも行ったんですよ。この間なんか、瀬戸物屋から盗ってきたらしいお茶碗まで持ってきた」

「本屋の雅香堂さんと、菓子屋の藤島さんのお子さんでございます」

雅香堂と藤島の倅が盗みの仲間であったとしても、その罪が四分の一になるわけがないのだが、大津屋の内儀は、なぜかほっとしたような顔で言った。

「おとなしい子だとばかり思っておりましたのに。荒物屋さんやら金物屋さんやら、瀬戸物屋さんにまで盗みに入って」

「お前さんの倅も盗みを働いているんだぜ」

「でも」

あちこちを荒しまわっているのではないと言いたいのだろう。

「佐倉屋のおせんは、軀が弱っている。それを承知で佐倉屋だけを狙う方が、俺は、たちがわるいと思うね」

「ですから、仕方がなかったんです」

時之助が、唇を尖らせた。

「林太郎さんと卯三郎さんが、わたし達の帰りを待っているんですよ。何か盗ってこいと言われたら、何か盗んで行かなければ殴られるんです」

「水谷町と新両替町の一丁目は、目と鼻の先だ。一丁目に住んでいるのなら、子供のお前だって、佐倉屋が今、どんなありさまか知っているだろう」

「おふささんが長患いをしてるって聞きました」

時之助は、角次郎を見ながら答えた。角次郎は、晃之助の視線を避けて俯いている。

「その通りさ。だからやむをえず、軀の弱ったおせんが店に坐ることになった。客があんまりこなくなって、番頭や女中に暇を出したことも、それだけ佐倉屋ばかり狙っていりゃあ知っているだろう」

時之助は、ためらいがちにうなずいた。

「お前は？」

見据えると、角次郎はあとじさりをして大きくうなずいた。

「客はこねえ、娘は患っている、番頭や女中には暇を出す、そういううちの懐具合がどんなものか、二人とも商人の倅だ、知らねえとは言わせねえ。そんな店から筆をごっそり盗んだらどういうことになるか、手跡指南所で教わった算盤ではじいてみろ」

「でも、仕方がなかったんです」

と、時之助は繰返した。

「佐倉屋を狙わなければ、わたし達が殴られてしまうんです。一度、口の中から血が出るくらい、殴られたこともあるんですから」

角次郎も、ためらいがちに口を開いた。

「林太郎さんと卯三郎さんは、佐太平ちゃんと十次郎ちゃんの組と、わたしと時之助ちゃんの組の、どっちが沢山盗んでくるかくらべるんです。わたしも時ちゃんも、そういうことは苦手だから……」

「そうなんです、佐太平ちゃんと十次郎ちゃんは、そういうことがうまくって、あちこちでいろんなものを盗んでくるんです。林太郎さんと卯三郎さんは上機嫌で二人を褒めて、ご褒美をあげたりしますけど、わたし達にはこわい顔をします。またお前達の負けだって、いきなり殴るんです」

「おかしいとは思っていたけれど、やっぱり」

母親二人が溜息をついた。

「転んで口の中を切ってしまったとか、石段を飛び降りて足を捻じってしまったとか言っていたのは、あの子達のせいなのね」

「嘘をついていて、ごめんなさい」

二人は、母親に向かって詫びた。

「でも、林太郎さんと卯三郎さんがこわかったんです」

「早くそう言えばよかったのに」

「だって、おっ母さんに告げ口をしたとわかったら、また殴られるにきまってるんですもの」

「困った人達だ」

大津屋が呟いた。林太郎と卯三郎を言ったのかと思ったが、その親達のことだった。

「甘やかし放題甘やかしていたから、こういうことになる」

「時ちゃんとうちの角次郎が、大怪我をせぬうちに何とかしなければなりませんな」

「佐倉屋は、借金だらけになってもいいってのかえ」

「いえ……」

そんなことはないと、親達は言うつもりだったのだろう。が、それを遮るように、時之助と角次郎が口を開いた。

「わたし達が盗んだくらいで、借金だらけになるわけがありませんよ。借金は、前からあったんじゃありませんか」

「借金を、わたし達のせいにしたのかもしれない。ね？ 角ちゃん。それに、わたし達が佐倉屋さんの筆を盗むようになったのは、林太郎さんと卯三郎さんのせいですもの」

「わかった」

晃之助は、辰吉をふりかえった。辰吉は、それを待っていたように小さくうなずいてみせた。同じことを考えていたようだった。

同時に立ち上がって、晃之助は時之助のむなぐらを、辰吉は角次郎のそれをつかんで立ち上がらせた。辰吉は手加減をしたようだが、晃之助は容赦しなかった。投げ飛ばされた時之助は、一瞬、何が起こったのかわからぬような顔で晃之助を見上げ、それから大声で泣き出した。辰吉に頬（ほお）を叩（たた）かれた角次郎はあわてて父親の背に隠れ、時之助と同じように派手な泣声を上げた。

「何をなさいます」

又兵衛は時之助を抱き寄せて、三五郎は角次郎をかばいながら、晃之助を見据えた。

「お前さん達の伜が、憎たらしいことを言ったからさ。投げ飛ばされたのは、伜達のせいだ」

隣りの部屋にいる八千代が、大声で泣き出した。はじめて聞くすさまじい男の子の泣声に驚いたのかもしれなかった。皐月があわてて庭へ連れて行ったようだが、泣きやまない。

「どうしたの、やあちゃん。ご機嫌がわるいの？」

島中賢吾（しまなかけんご）の妻の声も聞えてきた。庭へ出てきて、八千代をあやしている皐月を見かけたらしい。

「ちょっとうちへおいでなさいましな。やあちゃんに、お菓子を差し上げたいの」

八千代の泣声が遠くなった。皐月は誘いに応じて、島中賢吾の屋敷へ行ったようだった。

柱のきしむような音が聞えた。風の音が聞えて、隣家の飯炊き(めした)が薪(まき)か何かを落としたような物音も聞えてくる。そこに人が住んでいるかぎり、まったくの静寂というものはないのかもしれぬと、晃之助は妙なことを思った。

大津屋夫婦も、若松屋夫婦も先刻から晃之助と辰吉を見つめて何も言わない。武士に対して失礼だろうと言いたくなったが、そもそも二組の夫婦とも、町方など武士とは思っていないのかもしれない。自分達からの附届(つけとどけ)がなければ暮らせない、自分達の警護の者くらいにしか考えていないかもしれず、警護の者が自分達の子供を投げ飛ばしたなど、信じられぬ出来事であったのだろう。

腕を組もうとしたが、やめにした。二組の夫婦は、身じろぎもしていなかった。辰吉が坐(すわ)っている足をそっと動かしたのさえ、やめろと言ってやりたかった。

また風の音が聞えた。森口家の飯炊きも庭へ出て行って、割らねばならぬ薪を裏口の方へ放り出しているようだった。

「伜のせい――でございますか」

もう我慢ができぬというように、大津屋又兵衛が口を開いた。晃之助は、黙ってうなずいた。

「怪我をするかもしれぬほど投げ飛ばしておいて、伜のせいとは、ずいぶんな仰言りようと存じます」

「仕方がなかったんだよ。こっちは、ずいぶん手加減をした。辰吉親分と、手加減のしっくらべをしたようなものだ。あれで痛いと泣くのは、時之助に意気地がないせいだよ」

「また、伜のせい、でございますね」

「時之助の口癖がうつったのかな。時之助は、軀が弱っていて動くこともままならないおせんの店から筆を盗むのは、そうするより仕方がなかったのだと言っていたじゃねえか。俺も、柔術の心得がない時之助を投げ飛ばすのはどうかと思ったが、一度ぐらい痛いめにあわせた方がいい、そうするより仕方がないと思ったのさ」

又兵衛は口をつぐんだ。女房が、何か言えと脇腹を突ついたようだったが、眉根を寄せて女房をふりかえった。

「なあ、大津屋」

自分でも、慶次郎の口調に似てきたと思った。

「どこぞのあくたれに殴られるから仕方がない、本屋と菓子屋の伜に勝たなければ、あくたれのげんこつがこわいと盗みをつづけててみな。今は本屋と菓子屋の伜との競り合いだが、あくたれどもが瀬戸物問屋と薬種問屋の伜をわるい仲間に引き入れぬともかぎらない。そうなったら、どれだけの筆を盗まなくてはならなくなると思う。それも、おせんのように弱い者を狙うことになる」

それでも、おせんの店には繁盛していた頃のたくわえがあったかもしれない。が、江戸には、わずかな利益でその日その日を暮らしている店がいくらもある。老人夫婦が交替で店番をしているざる屋や、伜夫婦に先立たれて孫の面倒をみながら色褪せた双六の類を売っている年寄りの店などを、子供達が、殴られるから仕方がないと言って狙うようになったらどうするのか。

「確かに、林太郎と卯三郎はわるい。こいつらにゃたっぷり熱い灸をすえてやるが、お前さん達の伜の言い草も気に入らないよ。足腰が弱っている上に、目までわるくなっているおせんの店から筆を盗んでおいて、これは仕方がないことだ、わたし達はわるくないとは何事だえ。手前達さえ無事ならば、おせんがどんなに迷惑してもいいってのか」

「お恥ずかしゅうございます」

大津屋又兵衛は晃之助に向かって両手をつき、若松屋三五郎もそれにならった。

「私は、伜に本を読めと申したことはありません。算盤の稽古をせよと叱ったこともございません。外で遊んでおりますのを、むしろ喜んでおりましたのですが。いつ、親の背を見ておりましたのか」

又兵衛は、苦い笑いに歪んだ唇から、深い息を吐き出した。

「商売の手をひろげようと思えば、多少汚い真似もいたします。後味のわるい思いをいたしましたのも、一度や二度ではございません。そんな時の言訳が、仕方がない、強い者が生き残るのだから、これでございました」

「同様でございます」

と、若松屋三五郎も言った。

「私どもは手堅い商売をしている方でございますが、それでも得意先を取られることもあれば、取り返そうとすることもございます。得意先を横取りする店は、やはりそれなりのわけがあり、取り戻すと、大津屋さんも言ってなさいましたが、後味がわるうございます。そこで、仕方がない、強い者が勝つのだと、自分に言訳をするのでございます」

「前の月も、油問屋が菜種畑がどうかしたとかで、株を人手に渡してしまいましたが。それも仕方がないだろうと――」

又兵衛は、言葉の途中で口を閉じた。時之助が、父親の顔を見つめていた。

「帰ろう」

と、又兵衛は言った。

「今日は、よかったな」

二組の夫婦は、晃之助と辰吉へていねいに礼を言い、伜達をうながして立ち上がった。投げ飛ばされた時之助も角次郎も、父親に叱られて頭を下げた。辰吉が開けてやった唐紙の外へ、足早に歩いて行く。

玄関でまだ彼等の声が聞えているというのに、晃之助は、落着きなく立ち上がった。皐月に抱かれた八千代は、賢吾の屋敷から帰ってこない。

「どこへおいでで」

薄笑いを浮かべて辰吉が尋ねた。

「八千代を迎え……いや、皐月がいないと、茶も飲めないいんだよ」

「茶ぐらい、俺がいれますよ」

からかうように言う辰吉に背を向けて、晃之助は隣りの屋敷へ向かった。

かえる

誰も気づいていないようだが、実は江戸の上に巨大な火鉢がかぶせられている。

この暑さは、そう考えなければ納得できない。

七月のはじめ、毎年、肌に貼りついてくるような暑さに悩まされる時期ではあった。五月五日から衣替えとなる麻の帷子は、八月の晦日まで着るならわしとなってもいて、その時期まで暑いということだが、こうまで暑くなったことはないのではあるまいか。間違いなく閻魔大王が癇癪を起こし、江戸に火鉢をかぶせたのだと永次郎は思った。

癇癪を起こす理由は、幾つもある。

まず第一に、富がかたよっている。武家へは流れてこず、町人、それも目抜き通りに店を構えている商人の懐へ、滝のように流れ込んでいるのだ。そのため諸国の大名家は軒並貧乏となり、すぐれた技量を持つ者を雇うどころか、家中の者への給金とでもいうべき俸禄を借り上げたり、七重の膝を八重に折って商人に借金を頼んだりする破目になった。いったん禄を離れた者、浪人となった者が、ふたたび仕官することなど、夢のまた夢という状態になってしまったのだ。

第二に、商人達の金勘定が達者過ぎる。武家達が金はいやしいもの、金の勘定など武士のすることではないと言っているうちに、商人達は、決して自分達が損をしない勘定のしかたを身につけた。儲けることに関して商人に太刀打ちできない武家は、誇りとか意地とか、負け惜しみとしか思えないようなことばかりを口にするようになり、永次郎の働き口にまで、大きな影響を及ぼすようになってしまったのである。

ここ数十年、いや江戸開府直後の数十年をのぞいて、武家こそ世の中の弱者だった。弱者でも武士の意地は意地、空腹で目がまわるようになっても満腹であるような顔をしていなければならないし、江戸生れの江戸育ちを自慢する威勢のよい男達の悪態にも耐えねばならない。サンピンと罵られようと、二本差がこわくてめざしが食えるかと嘲られようと、刀を抜いてはならないのだ。

かっとなって刀を振りまわそうものなら、武士にあるまじき振舞いという判断が下されることもある。永次郎の曽祖父がそうだった。酔ってからんできた男を斬り捨てた曽祖父は、永の暇を言い渡された。自分の恥はお家の恥とかで、どこの藩士であったのかも言わぬまま、曽祖父も祖父も逝ってしまったが、父は、からんできた男が、藩が金を借りていた商人の親戚だったのではないかと言っていた。

いずれにせよ、空腹に耐え、悪罵に耐えていても、行先に明りはない。

愚痴になってしまいそうだが、今からざっと四十年前の寛政時代、大きな改革が行われた。札差仕法を改めることが重要な目的であり、棄捐の法令が出た。徳政とも呼ばれ、昔、やはり武士の困窮を救うために質入れした土地や品物を無償で持主に返すという法令が出たそうだが、寛政元年九月に出された棄捐令では、天明四年までの札差による貸付はすべて棄捐、なしにしたという。

今も、札差に借金のない旗本や御家人はいないと言っていい。羨ましいくらいの法令で、これで浪人も救ってもらいたいと思うのだが、こんな法令は困ると武家の方が言い出したというから、世の中はわからない。棄捐令で損をすることを心配した札差が武士に金を貸さなくなり、金を借りなければ暮らしてゆけぬ武士が悲鳴をあげたというのである。

ということは、今のままでは何をやっても武士に春はこない。世の中のしくみも武家の考え方も変わって、算盤の達者な者が重用されないかぎり、武家の貧乏はつづく。近所の子供達に算盤を教えていたこともある小出永次郎は、多分永遠に仕官の口がなく、空腹をかかえていなければならないのだ。

金が欲しい。

心底から、そう思う。うまそうな香りを遠慮なく漂わせている蕎麦屋の前を通る時、この空腹を満たしてくれる金は尊いものだと思う。

が、祖父も父も、落ちていた銭を拾ってきた幼い永次郎を、気絶するほど竹刀で殴った。仮にも武士であった者の子が情けない、先祖にたいして恥ずかしいというのである。その教えは身にしみつき過ぎるほどしみついてしまい、永次郎は、いまだに働き口を選んでしまう。先日も、寺院や神社が建物の修理などを理由にして利息つきの金を貸す、名目金貸付所を手伝わないかという話があったのだが、父と祖父の顔が目の前に浮かんできて断った。

それゆえ、今、懐には一文の銭もない。昨夜は、目がまわりそうな暑さをこらえるために頭から水を浴びに行って、たまたま出会った隣りの女房から、茶碗に半分ほど残ったというめしをもらった。

その後は井戸水を飲んだきり、何も胃の腑へ送っていない。銭を拾っても竹刀で叩く者はいないわけだし、家で食べもののことばかり考えていても銭は落ちてこないしと思って外へ出てきたのだが、暑さと空腹で目がまわりそうだった。

それなのに、宇田川町の小間物問屋から出てきた男は、「お昼を召し上がっておゆきなさいまし」という嫁らしい女に、「昨夜、食べ過ぎて胃が重い」と言ったのである。

商人の懐にばかり金が流れ込んでいるとは承知しているが、何も空腹で目をまわしそうな永次郎の前で、「昨夜、食べ過ぎて」と言わなくてもよいだろう。閻魔大王は、こういう男がいるせいで、江戸に火鉢をかぶせたのだ。

許せぬ。俺がさらに天罰をあたえてやる。

永次郎は、男のあとを尾(つ)けることにした。

男は今、茶店の床几(しょうぎ)に腰をおろしている。

飯倉神明宮(いいくらしんめいぐう)の境内(けいだい)であった。参詣(さんけい)をすませた男は、さすがにすぐ炎天下を引き返す気になれなかったのか、たっぷりと葉を茂らせた大木の陰にある茶店へ向かって行ったのだった。

つめたい麦湯といっても、さましただけのものだが、それをうまそうに二杯も飲み、扇子の風を懐へ送っている。空腹という言葉すら、知らないのではないかと思った。

くそ。一朱くらいの簪(かんざし)を一分(いちぶ)で売りつける、あこぎな商売をしているのだろうに。

なぜあいつが満腹で、道に落ちていた銭も拾わなくなった俺が空腹なのだ。

「あったかいお茶も差し上げます？」

茶店の女はそう男に言って、大木に寄りかかっている永次郎へ怪しむような目を向けた。永次郎は人気の少ない境内を見廻して、人を待っている風をよそおった。

「いらないよ」

と答えた男の声が聞えた。

「麦湯を飲んだだけで汗が出てきた」

「ほんとうに、今日の暑さは何なのでございましょうね」

閻魔大王が火鉢をかぶせたんだよ。

「その中をご参詣においでなすったのですもの、お神明様もきっとご利益を下さいますでしょう」

男は鷹揚に笑った。

「いや、ご利益をいただいたので、お礼に伺っているのさ」

一文か二文の賽銭を上げて、何がお礼だ。その上、商売繁昌だとか夫婦円満だとか病平癒だとか、神様が目をまわすほどいろんなことを、ついでに願って行くんだろう。

「ま、あやかりたい」

茶店の女は、なれなれしく男の背をこすった。

「わたしにさわってもだめさ」

男は笑って懐をさぐり、越後上布の贅沢な身なりに似合わぬ古ぼけた紙入れを出した。

「止金に蛙の細工がしてあるだろう。これにさわると、ご利益があるよ」

男は女の手に紙入れを渡し、女は戸惑ったような表情を浮かべて男を見た。

「ふられかけた男がこの蛙にさわったあと、その娘さんと所帯を持ったという、嘘のような話もある」

「この紙入れを、お神明様からいただいたんですかえ」

「そうではないんだが」

男は湯呑みに残っていたらしい麦湯を飲み干して、女の手の上にある紙入れを眺めた。

「もう二十七年も昔の話さ。長い間働いてくれた番頭が暇をとったあと、親父がぽっくり逝ってしまってね。わたしは二十だったのだが、少し山城屋の看板は重過ぎたのだろう、借金だらけにしちまったことがあるんだよ」

借金が何だってんだと、永次郎は胸のうちで言った。俺なんざ、十六の時に親父に死なれ、算盤や数の勘定だけは達者だったが、四書五経ってのがまるでだめだったものだから、はやっていた手跡指南所を潰しちまったんだ。

「大店の娘だったおふくろは、おとなしいのが取柄で頼りにならない。といって、番頭を呼び戻すのもいやでね。最後は神頼みさ。お神明様へ毎日、そうさなあ、十四、五日も通ったかな」

俺のうちだって、浪人の娘だったおふくろが、うちへこなくなった子供の家へさりげなく出かけて行っては、その帰りにお稲荷さんへ油揚げを供えに行ってたよ。

「お祈りをする時は目をつぶるだろう？　店の立て直しにお力をお貸し下さいとお願いして目を開けると、足に小さな蛙がのっていた」

「まあ、気持がわるい」

「冗談じゃない、そんなことを言っては罰が当るよ。蛙が足にのってから、わたしの打つ手、打つ手がすべて当って、今の山城屋になったんだから」

蛙なんざ、金勘定は武家のすることではないとおふくろが叱言を言っていた時も、そのおふくろがあの世へ逝っちまった時も、庭でげろげろ鳴いていたよ。

「蛙が足にのったのは、足許を見直せという神様のお告げだと、咄嗟に思ったね。そうすれば山城屋ももとにかえる。蛙だよ」

神様が、そんな判じものみたような真似を遊ばすかってんだ。

「自分では気がつかなかったが、親父の跡を継いだ当初は、もっと繁昌させてやるといった気負いがあっただろうし、うまくゆかなくなってからは焦りがあったのだろうね。細工のいい簪や滑りのいい櫛を売っていりゃいいものを、その簪をさした役者の錦絵をおまけにつけたり、櫛を袋に入れて売り出したりしていたのだから」

が、思いきってそれらをすべて蔵にしまい込み、あっさりとした意匠の簪や上質の柘植の櫛など、山城屋本来の品に戻した。母方の叔父が金を貸してくれたのは、その直後だった。

「叔父は、役者絵のおまけや袋入りの櫛を見て、あぶなっかしい真似をすると思っていたのかもしれない。で、新しく売り出した簪や櫛に安心して、お金を貸してくれる気になったのだろうが、わたしは今でもお神明様のご利益と思っているのさ。なぜって、それからは順風満帆、少々風変わりな簪を売り出しても、それが大流行りとなってしまったのだからねえ」

手跡指南所の師匠本来の仕事は、手紙の書き方や『論語』を教えることだってえのか。算盤だけが達者な師匠では、手跡指南所に弟子がこなくなって当り前というのかよ。自慢じゃねえが、俺のおふくろは学のある女で、俺に四書五経ってのを夜通し、満月の夜なんざ月の光を頼りに夜明けまで教えようとしたよ。でも、俺の頭は、漢字ってものを受けつけなかったんだ。

それは、まったく不思議な話だった。いくら母親に叱られても、『論語』から『大学』

にすすめば『論語』を、『大学』から『孟子(もうし)』にすすめば『大学』を、きれいに忘れてしまうのである。いや、『論語』を教えられている時でも、今日の分を覚えれば、昨日の分は忘れていた。記憶できる文字や文章の量が、きまっているかのようだった。しまいには、昨日覚えた文章が、今日の文章に押されて頭からこぼれ落ちて行くのが見えたような気がした。

それなのに、落ちていても銭を拾うな、金勘定をするなという教えは頭にこびりついている。どれほど『論語』の文章を詰めこんでも、それだけは頭に貼りついて剝(は)がれなかった。

もう沢山(たくさん)だ。

そう思って、先刻、出かける前には井戸水を思いきり飲んできた。糊(のり)になるご飯粒はろくに軀(からだ)の中に入っていないのだから、その水で頑固な教えも剝がれてくれる筈(はず)だった。腹同様、頭も空っぽにして、落ちている銭を片端から拾うつもりだったのである。

が、そういう時には一文の銭も落ちていない。木挽町(こびきちょう)四丁目から新橋を渡って尾張町(おわりちょう)へ出て、布袋屋(ほていや)、亀屋(かめや)など名高い呉服問屋の前を往復してみたり、二丁目までに何軒もある鰻屋(うなぎや)の軒下(のきした)に入ってみたりしたのだが、客達は皆、店を出る前に財布の紐(ひも)をかたく締めてしまうようだった。

銭の落ちていないせちがらさを嘆く一方で、我ながらさもしいと思った。草葉(くさば)の陰(かげ)から父や祖父が見ていたならば、何と言うだろう。

この暑さも自分への天罰かもしれないと思い、永次郎は天を仰いだ。が、その目はひとりでに茶店の床几へ戻り、永次郎は唾(つば)を飲み込んだ。やはり参拝にきたらしい男が別の床几に腰をおろして、茶店の女は、手に持っていた紙入れを山城屋の横へ置き、店の中へ入って行ったのである。

今度はゆっくりと唾を飲み込んだ。

紙入れには金子袋がついている。あのふくらみようならば、かなりの金が入っているだろう。一文の銭を探してこの炎天下を歩きまわるよりいっそ……とんでもない。それこそ、黄泉(よみ)の国で父や祖父に合わせる顔がない。

だが、このままでは餓死(がし)してしまう。餓死しても、父も母も祖父も、ええと何といったっけ、唐(から)の大昔、殷(いん)の国のコクイとシュクセイ、いやハクイとシュクセイだったかな、周(しゅう)の武王(ぶおう)が二人にとって主筋(しゅうすじ)に当る殷の紂王(ちゅうおう)を討ったので、周の国の粟(あわ)を食べていたのが恥ずかしいと山にこもり、餓死してしまった、その兄弟の潔(きよ)さを見習えと言うにちがいないが、ここは敵の国ではない。

とんでもないことを考えていると思った。ばかなことを考えずに家へ戻ろうとも思ったが、鰻屋の軒下に蹲って、銭は落ちていないかと探した自分の姿が脳裡に浮かんだ。みじめだった。情けないと言って竹刀を持ち出した父や祖父の気持が今になってわかったが、人通りが少なかったとはいえ、そのみじめな姿をもう、白昼の大通りで人目にさらしてしまったのだ。

ままよ。

永次郎は、山城屋が腰をおろしている床几に、自分も腰をおろした。

気がつくと、幾人もの人の顔がのぞき込んでいた。しかも、四十がらみと見える武士に抱きかかえられている。

永次郎はあたりを見廻した。が、周囲のようすが目に映る前に、蕎麦のにおいが鼻から頭へ突き上げてきて、目をまわしそうになった。

それで思い出した。永次郎は、飯倉神明宮の境内で、山城屋のおそらくは隠居の紙入れを置引し、夢中で逃げてきたのだった。

木挽町の家までとにかく逃げるつもりだったが、芝口橋を渡ったところで足がふらついて、目についた蕎麦屋へ飛び込んだ。もりを二枚と言ったことまでは覚えている。

蕎麦のにおいが腹にしみて、天井がまわったような気がするのは、そこでめまいがして倒れたのだろう。

「お見苦しいところをお目にかけてしまいました。申訳もございません」

長屋では決して使わぬ言葉で挨拶(あいさつ)をして、永次郎は立ち上がろうとした。思うように声は出ず、軀も妙に軽かったが、まさかこれほど足に力が入らないとは思わなかった。

「この暑さにゃ、若いお人でも勝てねえわなあ」

武士は、暑さのすさまじいことに感心しているような口調で言って、ふたたび倒れた永次郎をしっかりと抱きとめてくれた。

「水と、つめたくしぼった手拭(てぬぐ)いを持ってきてくれ。いや、この男は、空(す)きっ腹(ぱら)をかかえて歩いていたのかもしれぬぞ」

その声は、武士の横にいた総髪の男のものだろう。医者のようで、蕎麦屋の女房が持ってきたつめたい手拭いを、額と衿首(えりくび)に当ててくれた。

生き返ったような気がして、永次郎は武士の腕から脱け出した。武士と医者と、野次馬の気分となっていたらしい客達にも礼を言って、小上(こあ)がりの座敷へ這(は)って行く。

生き返ったと永次郎が思ったのと同時に腹の虫も息を吹き返したのだろう。蕎麦でもうどんでも、海苔（のり）だけでもよいから口へ入れ、早く胃の腑（ふ）へ送りたくなった。

「も、もりを二枚」

「いや、うどんにした方がいい」

と、医者が蕎麦屋の亭主に言う。

「どっちでもいい。早くできる方をたのむ」

「大きなお世話と思うかもしれねえが」

武士が遠慮がちに口をはさんだ。

「お前（めえ）さん、金を持っているのかえ。いや、怪しんでいるのじゃねえよ。ただ、財布を落として探しまわっているうちに、目がまわっちまったのではないかと思ってさ」

一瞬、いやな気持になったが、とにかく食べたかった。この店を出て、五、六軒先にはあるだろう蕎麦屋へ駆け込むのも、ここへ入る時にふと目に入った鰻屋の看板まで歩いて行くのも、もう沢山だった。

「とんだご心配をかけましたが」

ああ、早く食いてえ。

「落とした紙入れは、神明宮の境内で見つけました」

蕎麦でもうどんでもいいんだよ。

また目がまわりそうなのをこらえて、永次郎は、例の紙入れを小上がりの畳へ叩きつけるように置いた。

「ほう、止金が蛙とはめずらしい」

「父の形見です」

「ご浪人とお見受けしたが」

うるせえな、もう。

「手跡指南所の師匠をしておりました」

そんなことより、まだなのかよ蕎麦もうどんも。

「尾羽打ち枯らしていたわけではございません……」

自分の声が遠くに聞えた。気を失ったのではないかと思ったが、盆にのせられた丼が見えた。うどんがはこばれてきたのだった。

ゆっくり食えと医者が言ったような気がしたが、永次郎は夢中で食べはじめた。箸を持つ手の震えているのが、自分でもよくわかった。

味はわからなかった。わからなかったが、これほどうまいうどんは食べたことがないと思った。意外だったのは、少なくとも二杯食べなければ承知すまいと思った胃が、もういいというように、おくびを押し上げてきたことだった。

永次郎は箸を置いた。胃の腑は満足しても、永次郎はもう一杯食べたいような気がしたが、紙入れの蛙を面白そうに眺めている武士のいるところで注文しなくともよい。江戸の町に蕎麦屋は何軒もある。

代金を払うつもりで蕎麦屋の女房を呼び、紙入れを開いた。

今になって気がついたが、紙入れは印伝――鹿の鞣皮でつくられていた。紋様は青海波で、昔は銀の蛙に合うくっきりとした紺色だったのだろう。

内側の金子袋は布製だった。少々すりきれていたが、その中を見た永次郎の背を冷汗が流れた。小判が一枚に角形の一朱金が二つ、入っていたのである。

土間の樽に腰をおろし、茶を飲んでいる武士の視線がうるさかった。永次郎は、その視線を払いのけるように紙入れを持った手を軽く振った。

「や、銭が入っていなかった」

「お釣りはございますよ、小判でなければ」

蕎麦屋の女房が愛想よく笑う。樽に腰かけている武士はまだ永次郎を見つめていて、鬱陶しいことこの上なかったが、永次郎は、一朱金をつまみ出した。

釣銭をかぞえるのに手間取っているのか、女房はなかなか戻ってこない。土間の武士は、微笑を浮かべているものの、永次郎から目を離そうとしない。釣りはいらないと言いたかったが、銭相場は一朱に四百三十文前後だろう。いらないなどと言って、これ以上人の目を集めたくなかった。

　ようやく女房が戻ってきた。四百枚以上ある銭が紙入れに入る筈がなく、永次郎は、汗まみれの手拭いで包むことにした。武士が何か言い出すのではないかと思ったが、黙って眺めていた。

　黙っていられるのもかえって気になって、永次郎は、銭をつつんだ手拭いを懐へ押し込みながら武士を見返した。武士は、あいかわらず穏やかな笑みを浮かべていた。

「ご面倒をおかけしました」

　永次郎は、武士に礼を言って店を出ようとした。少し早足になっていたかもしれなかった。

　暖簾まであと二、三歩、あの暖簾をかきわけて、店の外へ出たら思いきり駆け出してやる。さああと一歩、やっと敷居をまたぐことができる。

「待った」

　武士の声だった。永次郎は、思わず足をとめた。知らぬ顔をして外へ飛び出してしまう方がよいと思ったが、いったんとまってしまった足は、凍りついたように動かなかった。

「ええと、何といいなすったかな、いや、まだ名前は聞いてなかった」

「小出永次郎と申します」

「小出さんか。こんなものを落としなすったよ」

永次郎は、武士をふりかえろうとした。首さえも、思うように動かない。むりに動かすと、きしんで鳴ったような気がした。

武士は、紙きれのようなものを持っていた。永次郎は、緊張にかすんでいる目をしばたたいた。富籤(とみくじ)だった。

武士は籤を裏返し、「茅場町薬師堂興行(かやばちょうやくしどうこうぎょう)」と書かれている文字を読んでいる。

谷中天王寺、湯島天神、目黒不動で行われる富籤興行は三富(さんとみ)と呼ばれ、人に押し潰(つぶ)されそうになるほど混みあうという。三富の籤は一枚二朱、かなり高額だが、当り籤の方も湯島天神の大当りが六百両と高額だった。そのほかにも両国の回向院(えこういん)やら根津(ねづ)権現(ごんげん)やら、幾つもの寺社で五十両、もしくは三十両を上限とした富籤興行が行われていて、それぞれ相当な人出があるらしい。こちらの方は富籤の価格も四、五百文程度で、小遣い銭をためては買っている者もいると聞く。だが、永次郎は籤を買うどころか、富札を突いている時の寺社へ足を踏み入れたこともなかった。

「それは」

わたしのものではないと言いかけて、永次郎は口をつぐんだ。

茶店の床几に腰をおろし、のんびりとしたしぐさで茶を飲んでいた山城屋の隠居が、富籤を買うとは思えない。思えないが、もし籤が紙入れから滑り落ちたところを、永次郎から目を離さずにいた武士が見ていたのだとすれば、礼を言って受け取るほかはあるまい。

「お恥ずかしいものをお目にかけてしまいました」

「やっぱり小出さんが落としなすった?」

すすきの葉で胸のうちを撫でられたような気がした。が、自分のものだと言ってしまった以上は仕方がない。永次郎は、身震いをしてうなずいた。

「いやあ、気がついてよかった。薬師堂の大当りは三十両だが、それでも俺達にとっては大金だ。これが当っていたら、大騒ぎになるところだった」

当るわけがないだろうと、連れらしい医者が呟いたが、聞えなかったのかもしれない。武士は、笑いながら富籤を差し出した。

永次郎は、ためらいがちに受け取った。いやな予感がした。わるい予感は当るもので、武士は医者をふりかえって言った。

「玄庵先生。薬師堂の富突は、今日じゃなかったのかえ」

「そうだよ」

医者はなぜか不機嫌だったが、武士は素知らぬふりで、永次郎へ視線を戻した。

「が、この暑いさなかに興行を見に行くのも野暮な話さ。まして、小出さんは、目をまわしなすったばかりの躯（からだ）だ」

「ええ、早く家へ帰って休もうと思っています」

「送って行こう」

永次郎は絶句した。印伝の紙入れに目をとめたこの武士へ、父親は手跡指南所の師匠、尾羽打ち枯らしていたわけではないと啖呵（たんか）をきったばかりだった。しかもそのあとで、代金を一朱金で支払ったのだ。木挽町の長屋までついてきてもらうなど、できるわけがない。

「遠慮します。一人暮らしのむさくるしい家へ、きていただくなど、とんでもない」

「一人暮らし？」

永次郎は顔をしかめた。これでは先刻食べたうどんが、胃の腑におさまる暇もない。穏やかそうな顔をしているが、武士は、長屋の向いに住んでいる取上婆（とりあげばば）よりも、よほど言葉尻（ことばじり）をとらえるのがうまかった。

「それではなおさら心配だ。この炎天下を歩いて、また目をまわしてしまいなさらぬともかぎらねえ。倒れそうになったのを、俺が抱きとめたのも何かの縁だ。玄庵先生と一緒に送って行くよ」

「でも」

「家がむさくるしいのは、お互い様さ。こっちの玄庵先生も、奥方に先立たれてから女房のなりてがなくて弟子との男所帯だし、俺も隠居して寮番となってからは、佐七という爺さんとの男所帯だ」

「寮番？　武士ではなかったのか」

「もとは定町廻りだったけどね」

　軀が小刻みに震えてきた。浪人は町方の支配で、置引が発覚すれば、この男の後輩が永次郎を捕えることができる。

　くそ、何だって定町廻りだと一目でわかる恰好をしていねえんだ。八丁堀風の髷を結っていれば、俺は、目がまわっても足がもつれても、この蕎麦屋から逃げ出していたんだ。

「さ、行こうか」

　寮番と医者が立ち上がった。思いきり懲らしめてやってくれという、両親と祖父の声が聞えたと思った。その場に蹲らぬのが、永次郎にできる精いっぱいのことだった。

なぜこうなったのだろうと思った。

永次郎は今、庄野(しょうの)玄庵という医者の家にいる。定町廻り同心から敷地の半分近くを安く借りたとかで、周囲に住んでいるのは町奉行所の者達だが、玄庵を待っていた病人は、十人をくだらなかった。そういえば以前、隣りの娘がみごもった時に、ここの取上婆じゃ無事に生れる子も死んじまうから、玄庵先生んとこへお行きと、斜向(はすむか)いの女房が言っていた。娘は、玄庵に紹介された取上婆の世話で子供を生み、父親となった男と所帯を持った。世話好きで、腕のよい医者なのかもしれなかった。

が、そんなことはどうでもいい。

蕎麦屋の外へ出た時、永次郎は、一人で帰れると言った。はじめて会った人と気軽に話ができぬ性質なので、一人で帰らせてもらえる方が有難いとも言った。なのに、あの寮番と医者は、左右から永次郎を支えるようなふりをして、「顔色がわるい」の「脂汗(あぶらあせ)がにじんでいる」のと言って、とうとう八丁堀へ連れてきてしまったのである。

二人、ことに寮番の考えていることはすぐにわかった。永次郎の持っている紙入れを、盗んだものとみているのだ。

逃げなければならなかった。そんなことはわかっていた。そんなことは、重病人をあずかるというこの部屋へ押し込まれた時からわかっていたのだが、逃げられないのだ。

寝床の右側は、戸棚と壁である。左側の唐紙を開けると、玄庵が病人を診ている部屋であった。寝床に横たわれば頭上となる障子の向うは縁側で、右へ行けば裏口、左へ行けば病人を診ている部屋となる。先刻、そっと縁側へ出てみると、玄庵は障子を開け放しにしていて、「小出さん、水かえ」と大声で言った。

右の裏口へ行くほかはないが、玄庵の大声に応じて水を持ってきたのは、弟子ではなかった。飯炊きの男かもしれないが、ことによると岡っ引かもしれなかった。岡っ引が、もう永次郎を見張っていないともかぎらないのである。

どうしよう。

永次郎は、間違いなくお縄になる。縄をかけられて、おそらくはここから近い南茅場町の大番屋へ送られて、取り調べをうける。紙入れは親父の形見という言訳は、すぐに嘘とわかって、頬の一つや二つは殴られるだろう。なにせ、蛙の止金が目立ち過ぎるのだ。山城屋の隠居にとってはたいせつなものであるようだから、紙入れがなくなったと気づいたとたん、近くの自身番屋へ飛び込んで、蛙の止金がついているとわめいている筈だった。

紙入れの中は、一両と二朱だった。首が飛ぶ金額ではない。が、心得違いを諭されて、放免してもらえる金額であるとも思えない。

永次郎は頭をかかえ、唇を嚙んだ。

放免されなければ、小伝馬町の牢獄へ送られる。浪人の倅である永次郎は、士分の扱いを受けられない。東の大牢へ入ることになる。背に悪寒が走った。

武士が入る揚座敷に牢名主はいない。が、大牢には名主のほかに添役とか一番役とかいう恐ろしい連中が大勢いて、新入りを板で殴り、挨拶の金を要求するという。

頬までがつめたくなった。永次郎に、牢内へ持ち込む金のあるわけがない。金があるくらいなら、こんなに目立つ止金のついた紙入れなど、黙って懐へ入れたりはしない。挨拶の金がなければ、牢名主達は容赦なく命を奪うという。深夜、眠っている顔に濡れた紙をかぶせ、窒息させるという話を聞いたことがある。永次郎は、入牢して裁きの日を待つどころか、板で殴られたその日に紙をかぶせられ、あの世へ旅立ってしまうにちがいない。

冗談じゃねえ。何がご利益をもたらしてくれた蛙だ。

永次郎は、紙入れを放り出した。

「蛙なら、持主の懐へかえるがいいじゃないか」

いや、その前に俺がうちへかえる。うちへ帰って、もとの貧乏にかえる。空きっ腹をかかえて、武士の誇りを根こそぎ奪うような世の中にぐずぐず文句を言い、その誇りにしがみついていなければ生きていられなかった親父や祖父さんを恨む、つまらねえ暮らしにかえる。いくら蕎麦が食えても、もと定町廻りだという寮番の視線を気にしたり、こんな部屋に閉じ込められたりするよりはいい。

だから、武士の誇りを持てと言っているんだ。誇りを持っていれば、そんな紙入れに手を出せぬ筈だ。

「ちぇっ」

どこからか聞えてきたような気がする父親と祖父の声に、永次郎は肩をすくめた。

「誇りでめしが食えるかよ」

昔、殷の国の伯夷と叔斉は……。

「だから、そいつらのように飢え死にするのがいやで、紙入れに手を出したんだ」

だが、そのために捕えられ、小伝馬町の牢獄へ送られて、牢名主に命を奪われる破目になってしまったのではないか。やはり武士の誇りを持っていれば……ああ、どうしてこう話がもとへかえるのだろう。

逃げよう。逃げなければ、牢名主に命を奪われてしまう。それよりも一か八か、だ。廊下から裏口へ走り、飯炊きか岡っ引かわからぬ男を突き倒して垣根をのぼる。隣りも同心の屋敷だろうが、同心が屋敷にいるとはかぎるまい。さ、飛び出すぞ。それ、一の二の三――。

「小出さん」

寮番の声だった。永次郎の軀は、手といわず足といわずすべてこわばって、飛び出そうとしたかたちのまま動かなくなった。

「お前さんが行くこたあねえ」

寮番は、病人を診る部屋から飛び込んできて、そう叫んだ。永次郎は、お前から自訴することはない、すぐに定町廻りがくると言われたのだと思った。後手にくくられて、大番屋へ送られる自分の姿がはっきりと見えた。蛙の止金のある紙入れを取り戻して満面に笑みを浮かべる山城屋の顔も、牢名主に一文の銭も渡すことができずに殺される自分の姿も見えた。

「もうお終いだ」

「そうだ、お終えだよ」

「俺は……」

「お終えの富突、本日の突留ってえ奴で当ったんだよ、三十両が」

一瞬、寮番が何を言っているのかわからなかった。が、脈をとっていた医者が、病人を放り出して部屋へ入ってきた。

「当った？　大当りか」

「そうだ、三十両だ」

「ざまあみろ」

医者は、病人のいることなど忘れてしまったのかもしれない。寮番の背を力まかせに叩いて、獣のように吠えながらこぶしを突き上げた。

「だから、言っただろうが。あいつに富籤を渡す前に、番号を書きとめておけって」

「ふん、書きとめておかなくっても覚えていたよ」

「負け惜しみを言いなさんな。お前さんの頭だって、かなり物覚えがわるくなっている。鼻紙に書きとめておかなければ、今頃は何番だったたかと大騒ぎだ」

「お言葉だが、先生の頭と一緒にしてもらっては困る」

なおさらわけがわからなくなった。永次郎は、半分くらい本気で言い争っているらしい二人の男を見た。寮番が、医者に叩かれたお返しとばかりに永次郎の背を叩いた。

「当ったんだよ、三十両が。そら、蕎麦屋でお前さんに富籤を渡しただろうが」

「はあ」

「あれは、この玄庵先生が一攫千金を夢見て買ったものだ。妙な欲を出して、四百文だか五百文だかをどぶに捨てたと思っていたのだが、大当りだった」

「大当り大当りって、お前さん、確かめてきたのか」

「当り前だ。孫の守りをしながら薬師堂へ行こうと思ったら、当り番号を摺って売り歩く、おはなし四文の男に出会ってね、顔見知りだったものだから、一枚くれた。孫に破らせなかったのを、有難えと思え」

二人の大声が聞えたのだろう。病人達が順番を待っている部屋の障子が開いた。羨ましそうな顔をしている者もいれば、嬉しそうな顔をしている者もいた。

「先生、その富籤を拝ませておくれ」

「いいともさ」

医者は、永次郎に向って手を差し出した。

やっと事情が飲み込めた。寮番は、永次郎が身なりと釣り合わぬ紙入れを持っていることを疑い、富札を落としたのではないかと声をかけたにちがいない。永次郎が、自分のものではない、前の客が落としたのだろうと答えたならば、疑いをとくつもりだったのだろう。

ひっかけやがって。そうやって手柄をたて、罪人をふやしているんだ。

永次郎は、畳から紙入れを拾い上げた。放り出した拍子に止金にかけた紐がはずれたのか、中から富籤がのぞいていた。

「さわらせて、先生。先生の幸運にあやからせておくれよ」

紙入れごと受け取った医者は、上機嫌で富籤を病人達に手渡した。寮番が苦笑してかぶりを振った。

「よせよせ、玄庵先生や富籤にさわっても、貧乏神と縁は切れねえぞ。縁起がいいのは、その紙入れだ。玄庵先生の富籤も、その紙入れに入れてもらったお蔭で当ったようなものさ。そっちをさわらせてもらった方がいい」

「何を言やあがる」

殴る真似をしてみせたが、医者は、紙入れを病人達へ渡そうとした。

「よせ」

永次郎は思わず叫んだ。

「よせ、さわらない方がいい。他人の幸運が、手前の幸運になるとはかぎらない。殺される破目になることもある」

病人の手がいっせいに引っ込んで、紙入れは医者の上に残った。傾いた陽が射し込んだのか、銀の蛙が赤く染まって光った。

「養父上、こちらですか」

表の出入口で声がした。若い声だった。

「蛙の止金がついた紙入れの持主がわかりました。山城屋の隠居、惣兵衛です。お言いつけ通り、連れてまいりました」

この男が拾ってくれたという寮番の説明を、山城屋惣兵衛は納得のゆかぬ顔で聞いていたが、紙入れさえ戻ってくればと、最後は笑顔になって帰って行った。蛙が足にのってから万事うまくゆくが、それでも行き詰まることがある、が、この蛙を撫でると不思議に道が拓けるのだと、蛙からもらった強運をひとくさり話して行った。

が、落着いて考えてみれば、そのあおりで不運に見舞われる人もいる筈だった。

あの紙入れを横取りして、あいつに泡をふかせてやろうと思った俺が、どう考えても、牢獄で殺されることになるのだものな。

それにしてもと、永次郎は未練がましく思った。

あの蛙を撫で、禄を離れたすべての浪人が仕官できますようにと願ったならば、少しは武家へも金が流れてくるようになったのだろうか。

算盤だけは達者だという永次郎の話を聞いて、寮番は質店で働かぬかと言ってくれたが、その誘いにうなずいても武士の誇りに傷がつかぬかどうか、今、永次郎は真剣に悩んでいる。

夫婦（めおと）

この破れ寺めがけて吹きおろしていたような風の音が、少しやわらいだ。そんな気がした。雨もこやみになってきたように思える。

又一は、扉をそっと開けてみた。

間髪を入れず、かたまりとなったような雨と風が飛び込んできた。夢中で扉を閉めたが、奥の闇が揺れたような気がした。仏像はとうに盗まれているらしい須弥壇が、まさかとは思うが吹き飛ばされそうになったのかもしれなかった。

だめか。

そう呟いた自分の声が、唸りをあげる風と、急にまた激しくなった雨の音で聞えない。四半刻ほど前の又一は、根岸へ向うつもりの路上にいたのだが、その時は立っていることさえできなかった。

どこかへもぐり込みたい。

その一念で道を這い、ようやく僧侶がいるのかいないのかもわからぬこの破れ寺を見つけたのだが、その時だけは、この八年間、飢えて死にそうになっても忘れなかった恨みを忘れていたような気がする。

江戸へ帰ってこられたのだ。こんなところで、くたばってたまるか。

だが、懐には一文の銭もない。腹が空いたと言っていられるうちは死なぬとは、八丈島で暮らした八年の間に、いやというほど経験したことだが、江戸の海で海藻を拾って食べていたら、怪しい者がいるとたちまち自身番屋へ知らせがゆくだろう。

風が鳴り、雨が屋根や回廊を打った。しばらくお籠もりだと覚悟して、又一は床へ仰向けに寝た。

やってみるか。押込強盗というものを。

三十六年生きてきたが、又一は盗みなどしたことがない。八丈島へ流罪となり、暮らしのてだてがつかずに野草で飢えをしのいでいた時でも、島の人達の家へしのび込もうとは思わなかった。監視の目がこわかったせいもある。万一、捕えられたならと思うと、それだけで足がすくんだ。たちのわるい流人にからまれて、その男を殺害してしまった流人は、島の定めで首を絞められて死んだというのである。

が、ここは江戸であった。顔が変わるほど痩せこけたが、又一は生きながらえ、ご赦免船に乗って江戸へ戻ってきたのだ。

江戸にはおひさがいる、森口慶次郎がいる。押込強盗で多額の金を手にすれば、おひさを探し、森口慶次郎をつけねらう時を稼ぐことができ、万一しくじって捕えられても、大番屋や奉行所での取り調べがある。その時におひさの仕打や、又一を捕えた森口慶次郎の無情を訴えれば、少くとも奉行所の連中に、二人への恨みをばらまいてやることはできるのだ。

俺はわるいことなど何一つしていない。

そう思う。

おひさのしたことは、密通にひとしい。なのに、おひさは又一を「甲斐性なしのくせに」と罵ったのだ。その女を刺して、どこがわるい。相手の男と重ねて叩っ斬ることができなかったのは、男がたまたま留守だったからだ。

おひさの悲鳴を聞きつけて、森口慶次郎という定町廻り同心が、辰吉という岡っ引を連れて飛んできた。密通した女房に仕置をしたのだと言ったが、慶次郎は又一を大番屋送りにし、吟味与力は、流罪相当という判断をした。おひさが死んでいたならば、又一は死罪になっていただろう。

冗談じゃない。俺はわるくないのだ。

又一とおひさは、惚れあって所帯を持った。当時の又一は、千束屋という口入れ屋に身を置いている渡り中間だった。おひさは、中間部屋へ惣菜を売りにくる女の娘で、風邪をひいて寝込んだ母親にかわって岡持を下げてきた時に知り合った。知り合った時は又一が二十、おひさは十六だった。

目鼻立ちの整った、可愛い娘であった。屋敷の中へ入りかね、裏木戸の前を行ったりきたりしていたのが、なお可愛らしかった。「どこへ行きてえのだ」と声をかけたのがきっかけで、母親が寝込んでいる間に親しくなり、母親が恢復した頃には、市中の中宿でしのび逢うようになっていた。

すぐにも所帯を持ちたかったが、又一の場合は三年の年期奉公という約束で、その年期が二年残っていた。その上、主人が五百石程度の旗本では、外出する時の供は無論のこと、庭の掃除から使いまで、雑用のすべてを又一がひきうけねばならず、いくら毎日逢いたいとおひさが身をくねらせても、思うように時間はとれなかった。

「お前のことばかり考えて、一日中ぼうっとしているものだから、おっ母さんに叱られっ放しさ。お願いだから、早くお暇をもらっておくれな」

すがりつかれて、又一は迷った。

又一が下総から出てきたのは、江戸から戻ってきた隣家の伜が、田圃を買うのを見たからだった。隣家の三男は、渡り中間をしている間に草鞋づくりの内職に精を出し、十年間で三十両もの金をためたというのである。長男の居候になりかねなかった三男坊は家を建て、よく働くと評判の娘と所帯をもった。

又一も、十年間は中間奉公をするつもりだった。中間の中には博奕(ばくち)にうつつをぬかしたり、悪所へ遊びに行ったりする者も多かったが、そんな誘いにかぶりを振っていれば、内職で稼ぐ金のほかに給金もためられる。三十両を超える大金を持って故郷(くに)へ帰り、両親も兄も、隣家の三男も羨(うらや)ましがるような良田を買うのも夢ではなかったのである。

「もう少し待ってくれ」という又一の言葉に、おひさはかぶりを振った。又一の故郷で夫婦(めおと)になろうという話には、泣いてかぶりを振った。

「どうしてわたしが田舎へ行かなけりゃいけないんだよ。お前がうちの聟養子(むこようし)になってくれりゃいいじゃないか」

あの時、なぜ又一はうなずいてしまったのだろう。なぜ、大福を買ったり茶店の麦湯を飲みたがったりする、おひさの浪費癖に気づかなかったのだろう。

答えはわかっている。又一は、おひさを自分のものにしたかったのだ。縹緻(きりょう)よしで、しばしば近所の若い衆(しゅ)から付(つ)け文(ぶみ)をされるというおひさを、人にさらわれたくなかったのだ。

それで、年期のあけるのを待って夫婦になった。千束屋の親分のように、金をためて故郷へ帰った方がいいんじゃねえのかと言う人もいたが、耳を貸さなかった。良田よりもおひさだった。おひさと夫婦になれるのなら、どんな貧乏をしてもいいと思っていた。「お前とならどんな苦労もできる」とおひさも言い、それだからこそ、又一は十年間奉公する決心を変え、三年の間、おひさがただでくれる惣菜のほかは屋敷で出されるまずいめしだけを食い、洗濯も自分でして、必死で金をためたのだ。必死にためた十両ほどの金を握りしめて、惣菜屋の聟養子となったのだ。

が、おひさが又一の腕の中で身をよじり、甘い声をあげたのは、その十両がある間だけだった。又一が働かなかったわけではない。又一は、自分でも感心するくらいよく働いた。鰹節を削り、蓮根やごぼうを洗い、握ったことのない庖丁を握って魚をさばいた。所帯を持った翌年には、その日の材料を仕入れるのも、焼豆腐やこんにゃくや慈姑を煮しめるのも、又一の仕事となっていた。

十両は、一年でなくなった。しかも、又一の知らぬ間に借金ができていた。おひさと母親が煮染の店を出そうとし、その話をもちかけた男に金を騙しとられたのである。

「勘弁しておくれ」

と、おひさは、泣きながら両手をついた。

「借金をしようと思ってしたことじゃない。お前と店がもてたら、どれほど幸せかと思って、つい……」

又一は、泣きじゃくるおひさの背を撫でて、また一からやり直せばいいと言った。煮染の店を持とうとしていたことを、又一が借金の証文を見つけるまで内緒にしていたことが腹立たしくないわけではなかったが、叱りつけたところで借金が帳消しになるわけではない。それよりもこの機会に、芝居や着物へ目が向いて商売がおざなりになってきた母親にかわり、岡持を下げて出かける気になってもらいたかった。

が、おひさの口から出てきた言葉は、「別れてくれ」だった。借金は、自分と母親の不始末であり、それを又一に背負わせるのは申訳ないというのである。

不承知だと言いつづけたが、この借金だけは自分達で返済したいという言葉に負けた。おひさ母娘は、いかの足一本でもよけいに売って早く借金を返す。又一は、中間奉公をしながらその知らせを待つことにしたのである。

知らせは、なかなかこなかった。おひさが一まわりも年上の男と暮らしていることを教えてくれたのは、やはり渡り奉公をしている中間だった。又一は、借金が返せずに、仕方なくその男の世話になっているのだろうと言った。それならば救い出してやらねばと思ったのだが、中間は、薄笑いを浮かべてかぶりを振った。

「いや、五年も前に所帯をもったようだぜ。その翌る年に浅草の並木町に煮染の店を出して、かなり繁昌していないらしい」

お終いの方は聞いていなかった。五年前と言えば、借金を理由に別れてくれとおひさが泣いた年ではないか。

又一は、並木町へ夢中で走った。走って行って、愛想よく刻みするめを売っていたおひさを殴りつけた。客が間に入ってくれて、いったん引き上げるつもりになったのだが、聞えよがしのおひさの呟きで血がさかさに流れた。

「甲斐性なしのくせに。いつまでも亭主面をしやがって」

俺はまだ亭主だ。たとえ一まわりも年上の男と何年暮らしていようと、俺は三行半を書いちゃいねえ。手前はその男と、五年間も密通をしていたんだ。

台所には庖丁があった。密通をした女房が亭主に命を奪われるのは当然だった。又一は、おひさを刺した。胸を刺すつもりが、客に邪魔をされ、庖丁は腹に突き刺さった。

その上、たまたま近くにきていた定町廻り同心が、おひさの悲鳴を聞いて駆けつけた。仏と異名のある同心だった。

「ちぇっ」

又一は、破れ寺の床に唾を吐いた。何が仏だと思った。

「ただの、わからずやだったじゃねえか」

仏なら、深傷にうめいていたおひさだけではなく、おひさを信じていた又一の心の傷にも手当てをしてもらいたかった。俺が亭主、おひさは五年も密通していたのだという理屈をわかってもらいたかった。

が、あの同心は、又一を大番屋へ引っ立てて行った。おひさは命をとりとめるだろうから人殺しの罪にはならない、必ず情けあるお裁きとなる筈だと言ったが、大嘘だった。死罪こそまぬがれたものの、八丈島へ流されて、ひもじいのが当たり前の暮らしを強いられたのである。飢饉の時のつらさ、苦しさは、十手をふりまわしている男には、とうていわからないだろう。

気がつくと、風の音がやわらいでいた。雨の音は、ほとんど聞えなくなっている。又一は、もう一度扉を開けてみた。風はまだ強かったが、雲がちぎれ、空がわずかに明るくなっていた。

とにかく金だ。

八年の間に、おひさは並木町から消え、森口慶次郎も八丁堀からいなくなった。森口慶次郎の方は行方が知れたが、おひさは江戸にいるらしいとしかわからない。探し出すまでに必要な金を手に入れねばならなかった。

又一は、破れ寺の外へ出た。

強い風が雲を飛ばしているのだろう。月が出てきた。提燈のない又一には、有難い明りだった。

が、八年も江戸から離れていたせいで、道を間違えたのかもしれない。下谷へ戻るつもりが、寺院のならぶ一劃へ出て、ついに川へ突き当ってしまった。隅田川だった。

家並のあるところまで戻り、川下へ向かって歩き出す。手頃な家を見つけて押し込もうと思った。黒いかたまりが降ってきたのは、その時だった。

かたまりは、足許で割れた。瓦のようだった。

風の力は弱くなっている。今頃になって吹き飛ばされるわけはなく、投げつけられたのだと思った。又一は、油断なく身構えた。

「すみません、ぶつかりましたか」

あわてているらしいのに静かな声が、頭の上から聞えてきた。同時に裏口から走ってくる下駄の音がして、路地から行燈を持った女があらわれた。

「ほんとにすみません、お怪我はありませんでしたか」

又一がかぶりを振ると、女は屋根を見上げて言った。

「だから、およしなさいって言ったのに。瓦が飛ばされたところは、明日、瓦師さんに直してもらいましょ」

又一は、女の視線を追った。屋根の上にいる男が、庇にしがみつくような恰好で道を見下ろしていた。

「まあ、血が流れてる」

女は屋根の上の男から目を離して、又一の足を見ていたようだった。

又一は、横を向いて苦笑した。傷は、破れ寺へ入り込む時に石碑らしいものにつまずいてできたものだった。血はいったんとまっていたのだが、歩いているうちにまた流れ出したらしい。

「うちの瓦が当ったのじゃありませんかえ。どうしよう、たいしたことはできませんけど、血止めの薬くらいはありますから、ちょっとお上がり下すって……」

つまずいてつくった傷だと言いかけた口を、又一はあわてて閉じた。横に振ろうとした頭をとめ、苦笑いを浮かべそうになった口許もひきしめた。

できるかどうかは別にして、雨戸を押し破り、錠前を叩き毀して強盗に入るつもりだったのではないか。この女は、家に入って血止めの薬を塗って行けと言っている。

雨戸を押し破り、錠前を毀す手間がはぶけたというものだ。さほど裕福ではなさそうだが、それでも幾日かを食いつなぐくらいの金は持っているだろう。

又一は、急に顔をしかめて蹲った。我ながらわざとらしいと思ったが、女は疑う風もなく大声で屋根の上の亭主を呼び、亭主も梯子から滑り落ちたような物音を立てたあと、腰をさすりながら駆けてきた。

血止めの薬に、又一は思わず悲鳴を上げた。親指の爪が少しばかりはがれていたようで、綿を巻きつけて薬を含ませた楊枝の先が、そこに触れてしまったのだった。薬を塗ってくれていた女房がうろたえて、金切り声で亭主を呼んだ。医者を起こして連れてきてくれというのだった。

又一もうろたえて、その必要はないと言った。医者が若い弟子などを連れてくると、亭主と医者と弟子、男が三人になってしまう。分がわるいと思ったのだが、よく考えてみれば、亭主が医者を呼びに行った留守に、女房を脅せばよいのだった。

悪事ってのも、むずかしいものだな。

「あの」

女房が、又一の傷を見つめて言った。一瞬、背筋がつめたくなった。上から落ちてきた瓦で、爪がはがれるだろうか。

だが、女房は、遠慮がちに言った。

「あの、やっぱりお医者様に診ていただいた方が、よくはありませんか」

行燈の火が、三十四、五と思える女の顔を照らしている。大きな目に愛嬌のある女で、心配そうに目を見張っているのが、どうかすると初々しい娘のように見える。若い頃はさぞ可愛らしかっただろう。

ふと、おひさを思い出した。おひさも三十の坂を越えている。縹緻のよい女だったが、おしずというこの女のように、初々しい表情を残したまま年齢をとっただろうか。

そんなわけはねえやな。

亭主をくらべれば、すぐにわかる。おひさの亭主は誰が何と言っても俺だが、俺は女房を刺した罪で島送りになった男で、おしずの亭主の俊吉は、自分の落とした瓦で又一が傷ついたと思い込み、おしずのうしろで申訳なさそうに肩をすぼめている男なのである。

「お前さん、耕雲先生を呼んできて」

俊吉がおしずを見た。この夜更けにとか、まだ風が強いとか不平を言うつもりなのかと思ったが、そうではなかった。俊吉は黙ったままで、おしずが言葉をつづけた。

「耕雲先生は本道のお医者様だけれど、八丁堀の玄庵先生と仲がいいそうですよ。玄庵先生なら、こういう傷も癒してくれなさるし、平右衛門町の若林何とかって先生はとかくの噂があるお方だし、耕雲先生に玄庵先生を呼んでもらった方が、よくはありませんかえ」

うなずいた俊吉が、外へ飛び出して行った。俊吉が尋ねたかったことへの答えを、すべておしずが言ってくれたようだった。

鳴りつづけていたのだろうが、耳に入らなかった風の音が聞えた。風はまだ、虚空で渦を巻いているらしい。渦を巻いて、あげくにひとかたまりとなって吹きおろしているような音だった。

「おい」

又一は、押し殺した声でおしずを呼んだ。「何でしょう」と答えたが、又一の声音に驚いたのだろう。おしずは目を見張った。十七か八の娘のような、初々しい顔つきになった。

「手前ら、いい度胸だな」

初々しい顔つきのまま、おしずは首をかしげた。

「鈍いってのは、お前のこった」

脅しながら、又一は苦笑した。

「この夜更けに、見も知らねえ男と二人きりになって怖くはねえのかよ」

おしずの顔に、おびえたような表情がようやく浮かんだ。

「ま、いいや。お前のような婆あに乱暴するほど、俺も暇じゃねえ。さっさと金を出してもらおうか」

「お金?」

可愛らしい声だった。

「うち、あんまりないんですけど」

「ふざけるな」

又一は、苛立たしくなってきた。

「あろうがなかろうが、俺の知ったことじゃねえ。とにかく、ありったけの金をここへ出しな」

おしずが立ち上がった。外へ逃げ出され、泥棒——と大声を出されてはたまらない。

又一も、おしずを見据えながら立ち上がろうとした。

何かにつまずいたわけでもないのに、よろめいた。おしずは、行燈を持って二階へ上がろうとしている。おしずのうしろからその階段を見上げた又一は、化け物屋敷に入ってしまったのかと思った。狭い階段が、異常に長く見えたのだ。

あぶないという、おしずの声が聞えた。行燈を階段の上がり口に置いて、おしずが駆け寄ってきたのも見えた。

が、やっぱり化け物屋敷だと思った。おしずの顔が視野いっぱいにひろがって、何も見えなくなったのである。

男の声が聞えた。俊吉の声ではなかった。そう言えば俊吉の声は、瓦が目の前に落ちてきた時の「すみません、ぶつかりましたか」の一言以外、聞いていない。

「助かったよ、玄庵先生。夜更けに呼び出して申訳ないが、この高熱だ。先刻の大(おお)嵐(あらし)に遭(あ)って、ずぶ濡(ぬ)れになったからではなく、破傷風(はしょうふう)の疑いもあると思ったのだが」

「確かにその心配もあるが」

玄庵先生と呼ばれた男は、慎重な口調で答えた。又一の足に置かれている手は、この男のもののようだった。

「おしずさんの話では、痙攣(けいれん)することもなかったようだ。それに、耕雲先生の言いなさった通り、この傷は瓦に当ったのではなく、何かに蹴つまずいてできたものだとは思うが」

　玄庵の手が傷口に触れ、又一は軀を震わせて目を開いた。

「おや、これは怪我の功名。気がついたかね」

　玄庵という医者のものらしい顔が、すぐ目の前で笑った。見たような顔だった。

「この分なら、うちへ連れて行くこともなさそうだが、宿なしらしいのに、俊さんとおしずさんがすぐに出て行けとも言えないだろう。が、ここに寝かせておいては、お二人に迷惑がかかる。ま、当分、うちで面倒をみることにしよう」

　お節介な医者だと思ったが、それで思い出した。玄庵は、おひさの手当てをした医者だった。森口慶次郎の取り調べをうけている大番屋へふらりと入ってきて、「死なずにすんだよ」と言ったのである。おひさの無事をわざわざ教えにきたらしいのだが、又一は、返事もしなかった。自分が捕えられたあと、おひさが十二も年上の男と一緒に、のうのうと生きてゆくのかと思うと口惜しくてならなかったのだ。

　よけいなことを言いにきやがったとばかり思っていたが、考えようによれば、おひさが生きていると知って、島での苦しみにも耐えられたような気がする。もう一度おひさの前にあらわれて、お前の亭主は俺だ、そっちの男が間男だとつきまとい、平穏無事な暮らしをぶちこわしたい一心で、野草も虫も口へ放り込むことができたのである。

それに玄庵と森口慶次郎という同心は、かなり親しいようだった。慶次郎は四、五年前に隠居、今は根岸にある酒問屋の寮で暮らしていると聞いた。寮番だなどとふざけたことを言っているそうだが、おそらく風雅な家が目にとまり、それが同心時代に情けをかけてやった商家のものであると知って、しばらく貸せと無理強いをしたのだろう。仏の異名があるといっても、生きている人間の『仏』である。彼の慈悲などたかが知れている。

が、おひさの居所は知っているかもしれない。酒問屋にねだった酒を飲むくらいしか用はない筈だから、又一が玄庵の家に寝かされている間に、一度や二度は遊びにくるだろう。遊びにきたら、病気をしているのも退屈だと言って、昔の自慢話をさせてやる。俺も浅草に住んでいたことがあると言えば、おひさの事件を思い出す筈だ。おひさの名前が出るのを待って、居所を聞いて、「この大馬鹿野郎」と慶次郎を殴りつけ、蹴り倒して玄庵の家を飛び出してやる。想像するだけで胸が晴れる。どうせ酒びたりの、ぐうたらな暮らしをしているにきまっているのだ。倒れても、すぐには起き上がれまい。もがいているところを、「何が仏だ、笑わせるな」と、もう一度蹴飛ばしてやろうじゃねえか。そんな光景を想像するだけでも、熱が下がるような気がする。となりゃ、行くほかはねえぜ、玄庵の家へ。

気がつくと、玄庵が見つめていた。横を向くのも億劫で、又一は目を閉じた。八年の歳月は、玄庵の髪にも髭にも白いものを混じらせて、医者にしては無骨な顔に皺を刻ませている。まして又一は、はるか海の彼方の島で、飢えに泣き、寒さに苦しむ暮らしを送ってきたのだった。腕や腹は、自分で見ても三十六とは思えぬほど干からびているし、島の水汲女が見せてくれた鏡に映った顔も、誰のものかと目を疑ったほど皺が寄っていた。

「まあ、いい」

と、玄庵が言った。

「耕雲先生。すまないが、この男を戸板ではこんできてくれるかね。わたしは一足先に帰って、病間を片付けておく」

「すまないのは、こちらの方だ。ただでさえいそがしい玄庵先生に、病人を一人、押しつけてしまった」

「なあに、この病人は、わたしが診た方がいい」

玄庵は、そう言って出て行った。また、風の音が聞えた。

すぐに耕雲も立ち上がった。又一を玄庵の家まではこぶ準備をし、人手を集めてくるという。すぐに戻ってはくるのだろうが、それまで、時折娘のような表情を見せる女とほとんど口をきかぬ男の家にいなければならない。金を出せとすごむ体力があるのならともかく、じっと寝ているほかはないなど、みっともないことこの上なかった。

「冗談じゃねえや」

そう言ったつもりだったが、声にならなかった。

「あの、お水ですかえ」

おしずが又一の顔をのぞき込んだ。かぶりを振ろうと思ったが、気がついてみると、口ものども紙が貼りついているのではないかと思うほど、かわききっていた。

俊吉が立って行った。水を汲んできてくれるつもりらしい。

たった今までのどがかわいていることすらわからなかったのに、水が飲めると思うと、少しでも早くのどをうるおしたくなった。が、何をしているのか、俊吉はなかなか戻ってこない。苛立たしくなった、そのとたんに、おしずが立って行った。

「急須よりお銚子の方がいいんじゃありませんかえ」

寝たまま水が飲めるようにと、俊吉は器を探していたらしい。その棚の上とか、その左などという、銚子のしまってある場所を教えているらしいおしずの声が聞え、それから「そうですね、湯ざましの方がいいですね」と言う声も聞えてきた。俺が強盗であったことを、あの女房は亭主に話していないのだろうかと、又一はかえって不安になった。

「お待たせしました」

おしずと俊吉が戻ってきた。

「お寒くないですかえ」

又一がかぶりを振ると、俊吉が遠慮がちに夜具（やぐ）の上にのってきた。抱き起こしてくれるようだった。

水から味を奪ったような湯ざましが、口からのどへ流れて行った。味がなくても、うまかった。

「甘露（かんろ）」

声も出た。俊吉がそっと寝かせてくれて、おしずを見た。

「汗をかいてなさる？」

俊吉がうなずいて、おしずが二階へ上がって行く。

「お前（めえ）さん……」

又一は、かすれた声で尋ねた。我ながら情けない声だった。

「何も言わなくても用が足りるのかえ」

「ええ、まあ」

俊吉が笑う。

「よく気のつく女房だな」

「十五年も一緒にいますから」

お互いの考えていることは、言わなくてもわかるようになったと言いたいらしい。

「そんなものかな」

何年一緒にいても、女の胸のうちは男にわからない。早く一緒に暮らしたいと軀をよじらせていた女の気持が、所帯をもつとすぐに冷え、十二も年上の男の懐に飛び込むなど、誰がわかるというのだろう。同様に、おひさはまだ俺の女房だと言いつづける又一の気持も、わかってくれる人はいない。八丈島で情をかわした水汲女も、早くそんな女のことは忘れてくれと言いつづけていた。

「おかしな夫婦だな」

「え？　何ですって？」

亭主の浴衣を持って降りてきた、おしずの声だった。

「お前さん達のような夫婦は、見たことがねえって話よ」

「のろまの亭主とそそっかしい女房だから？」

おしずは、浴衣と手拭いを俊吉に渡した。男の又一の汗を拭き、着替えさせてやるのは、さすがにためらいがあったのかもしれない。

俊吉が、不器用まるだしの手つきで帯をとき、着物を脱がせてくれた。風邪をひかせる気かと言いたくなるようなのろさで、衿首や背にたまった汗を拭いてくれる。身震いが出て、思わず又一は俊吉の手から浴衣を奪い取った。

「すみません。のろまなもので」

と、俊吉が言った。

「いつも女房に怒られてます」

彼にしては精いっぱいの冗談なのかもしれず、或いは詫びの言葉だったのかもしれなかった。

又一は、頭から掻巻をかぶった。汗は敷布団にまでしみていて、あたらしい浴衣をきた軀につめたく触れたが、すぐに又一と同じ熱さになった。そのまま眠ってしまいたかったが、夜具にこもる自分の熱に我慢しきれなくなった。寝返りをうち、掻巻から首を出すと、枕許にまだ夫婦が坐っていた。

「よかった」

と、おしずがほっとしたように言った。

「ずいぶん元気になりなすって。ついさっきまでのように、目をつむりなすったままで玄庵先生んとこへはこばれるのだったら、どうしようかと思っちまった」

だって——と、これは俊吉に言っているらしい。

「明日は、およしさんがきなさる日じゃありませんか。でも、このお人の具合がわるいままだったら、わたしも一緒に玄庵先生んとこへ行かなけりゃならなかった」

俊吉と視線が合った。俊吉は苦笑いをして、「すみません」と言った。あやまってばかりいる奴（やつ）だと思った。

第一、なぜあやまってもらえるのかわからない。が、おしずが首をすくめたのを見て、その理由がわかったような気がした。玄庵の家にまで又一について行きたくないととられかねないことをおしずが言ったのを、亭主の俊吉が詫びたのだった。

「そんなつもりじゃなかったのだけど」

「わかってるけどさ」

「そうね。ごめんなさい」

又一は、おしずと俊吉の会話を黙って聞いていた。会話はすぐにとぎれて、風の音が聞えた。

「何だかお腹が空いちまった」

おしずが屈託なく言った。

「お粥でも食べてから寝ましょうよ」

俊吉が、苦笑しながら立ち上がった。この男につくらせたら、明日の朝になっちまうと又一は思った。笑ったつもりはなかったが、おしずが又一を見て言った。

「おかしいでしょ。お粥をつくるのだけは、あの人の方がうまいんです」

肩をすくめて笑い、俊吉のあとを追って行く。火をおこしてやるつもりなのだろう。すぐに戻ってきて、燈心を細く切りながら又一に言った。

「お粥、食べられますかえ」

「ばかにしてるのか、俺を」

大声を出したつもりだったが、腹に力が入らなかった。

「俺あ、瓦で怪我をしたと嘘をついて家に上がり、押込に早変わりした男じゃねえか」

「ええ、あの時は、お金を盗られると覚悟しました」

「押込にめしを食わせる気か、手前達は」

「そりゃお前さんがお金を盗ろうとした人だと思うと腹が立つけど、だからといって、お腹が空いているにきまっている人に、内緒でこっそり食べるのもいやじゃありませんか」

「見せつけて食やあいいじゃないか」

おしずは目を見張った。

「そんな意地悪をしなすったことがあるんですかえ」

「ある」

流人の中には、見送りの親や親類から金や金になるものをもらってくる者もいた。長い年月の間にはすべて遣いはたしてしまうが、それでも当座の暮らしには困らない。又一が持っていたのは、役人から渡されたわずかな銭だけだった。

島へ追い上げられたあとは、一人で生きてゆくほかはない。西も東もわからぬうちに一文もなくなって、又一は野草を摘んできては食べた。その前で、芋や粟を食べてみせた流人がいるのである。

飢えも寒さもすべておひさのせい、慶次郎のせいと、流人仲間の仕打ちには目をつむることにしていたのだが、この一件だけはいつまでも記憶に残った。飢饉の年、又一は、すでに金を遣いはたしていたその男の前で、ようやく波の中から拾い上げた海藻を食べて見せたのである。「少しでいいからくれ」とその男は両手を合わせたが、又一はかぶりを振った。

この話を、おしずにするつもりはない。話せばおしずに、島帰りであることが知れてしまう。着替えをさせてくれた俊吉は、又一の腕を見て何者であるか気づいたかもしれないが、彼は多分、女房にもそのことを話さないだろう。

又一は、島帰りと知られたところで何がどうするってんだ。この家に養子に入ろうとしているわけではない。つい先刻まで、「俺あ、島帰りだ」と言っておしずを脅すつもりだったのだ。

「何を笑ってなさるんですかえ」

「お前さんの顔を見て、さ。俺が人に食いものを見せびらかしたことがあるってんで、びっくりしなすったんだろう」

「いいえ」

と、おしずは言って笑った。

「子供の頃の話でしょう？　わたしも、おはぎを友達に見せびらかしたことがある」

「ご亭主はどうだ」

「一度や二度は、あるんじゃありませんか」

「お幸せなこった」

「ええ、お蔭様でもったいないくらい」

又一は、あらためておしずを見た。おしずは真顔で答えていた。

「子供はいねえのかえ」

「いえ、十五になる男の子がおります」

峰吉といい、蔵前の米問屋で働いているのだという。亭主の俊吉は、大黒屋という小売りの米屋で番頭をつとめているとかで、大黒屋の主人の口ききで米問屋の小僧となることができたらしい。

自慢の倅のようだった。米問屋で働いているうちに、やはり小売りの米屋に見込まれて、聟養子の話がきまったのだそうだ。

「有難え話だと言うが、お前さんとこだって一人息子だろうが」

「先方も、一人娘さんですから」

「ふうん」

口をつぐむほかはない。十五の倅に祝言はまだ早いと断ったのだが、せめて約束だけでもさせてくれと先方にせがまれて——と、おしずは嬉しそうだった。

「明日みえなさるおよしさんというのが、倅の女房になってくれる娘さんなんですよ。一つ年上だけど、おとなしくって気のいい娘さんで、倅にはもったいないくらい。必ず男の子を二人生んで、一人を小母さんの——小母さんってわたしのことですよ、養子にしますって、そう言ってくれるんです」

　もったいないくらいと、おしずはまた言った。又一は、もう少し稼ぎたい、もう少し食いたいと思いながら暮らしてきた。おひさも又一と所帯をもってから、もう少し金を持っている男を亭主にしたいと思いつづけていて、十二も年上の男と所帯をもったのだろう。

　障子を開けてくれという俊吉の声がした。粥が出来上がったらしい。土鍋の耳を雑巾でつかんで部屋へ入ってきた俊吉は、それを長火鉢の五徳の上に置いて、ふたたび台所へ引き返して行った。

「だめ」と言いながら、おしずが俊吉のあとを追って行く。戻ってきた俊吉は、酒が入っているらしい片口を持っていた。

「お酒が好きなんですよ、この人」

　そう言いながら、おしずは俊吉の持つ猪口へ片口の酒をついでやる。又一の枕許にも、粥の茶碗がのった盆が置かれた。半身を起こしただけで目がまわりそうだったが、又一は、おしずや俊吉の手を借りずに起き上がった。

　粥には梅干がのっている。ふっと、八丈島でしばらく一緒に暮らした女を思い出した。女は、よく粟のめしに梅干をなすりつけて食べていたものだった。

が、おひさと何を食べていたのか、あまり思い出せない。いかの足やこんにゃくなど、中間部屋（ちゅうげんべや）へ売りに行った残りを食べていたのだろうか。

表口で物音がした。

「遅くなってごめんよ。何といってもあの嵐（あらし）のあとだから、倒れた立木を起こしたりする方に人手をとられちまってさ」

耕雲の声だった。ようやく戸板と又一をはこぶ人を集めて戻ってきたらしい。

おしずが二階へ上がって行った。耕雲の連れてきた男が肩を貸してくれようとしたが、又一は、俊吉の手にすがって立ち上がった。先刻食べた粥が、熱いまま腹にたまっているような気がした。

階段を降りてくる足音が聞えた。そうしてもらっては困るのだが、そうしてもらいたい光景が脳裡（のうり）に浮かび、又一は、呼びとめられるにちがいないと思った。呼びとめられたなら、俊吉を突き飛ばしてやるつもりだった。押込強盗に安っぽく情けをかけるなと言ってやりたかった。人は『仏』になどなれはしない。慶次郎も、不義密通の罪を犯したおひさを捕えようとせず、その女房を成敗（せいばい）しようとした又一を捕えたではないか。

が、おしずは又一を呼びとめようとせず、俊吉も戸板へ向かって歩きつづけていた。

何でえ。人のよさそうなことを言ってやがったくせに。

おしずと俊吉が、又一をこのまま玄庵の家へ送り出すのであれば、それも少し淋(さび)しいことだった。

やはり慶次郎がきた。それも、玄庵の家へはこび込まれた翌日のことだった。

玄庵の診立て通り、又一の熱は一夜でかなり下がり、まだ、だるさや手足の節々(ふしぶし)に痛みが残っているものの、もう目がまわるようなことはない。

「お前(めえ)か、俊さんとおしずさんとこへ入った押込ってのは」

遠慮のない大声だった。唐紙(からかみ)一枚を隔てた部屋で、玄庵に診てもらっている病人が息をのむのが目に見えたような気がして、又一は、起き上がって声の主を睨(にら)んだ。

髪に多少白いものが混じっているが、長身でがっしりとした軀(からだ)つきの男が、廊下の障子を開けて立っていた。間違いなく森口慶次郎だった。

「腹ぺこのようだってえから、食いものを買ってきてやったよ」

部屋へ入ってきた慶次郎のうしろから、玄庵の弟子が膳(ぜん)を持って入ってきた。今朝は出されたものをきれいにたいらげたし、先刻正午の鐘も鳴ったので、そろそろ昼飯だと思っていたのだが、はこばれてきた膳に又一は目を見張った。焼き魚の皿や煮物の椀など、生まれてはじめてと言ってもよいような昼飯が用意されていたのである。

「まさか、まさか旦那が……」

「まさか旦那が——ときたか。俺のことを知っているようじゃねえか」

頬がひきつれた。おそらく玄庵が、高熱を出して寝ている男は又一であると気づいたにちがいなかった。その玄庵に、この男は押込強盗であるとおしず俊吉夫婦が話していたならば、又一は、おひさにまとわりつく前に八丈島へ送り返される。しかも、蹴り倒すつもりの慶次郎は、酒びたりでふやけているどころか、ますますひきしまった軀になっていた。

「さ、食いねえな」

玄庵の弟子は部屋から出て行ったが、慶次郎は、膳の向う側であぐらをかいた。

「おしず俊吉夫婦のおごりだ」

「冗談じゃねえや」

又一は横を向いた。わざとらしく料理を届けてきた夫婦に腹が立った。慶次郎の笑い声が聞えた。

「そう拗ねるなよ。実は、このごたいそうな昼飯は、俺が買ってきた」

「なお食いたくねえや」

「拗ねるなと言っているだろうが。今朝、耕雲先生が根岸へきて、昨日のことを話して行った。耕雲先生は、おしずさんから金をあずかったそうだ。養生(ようじょう)のために遣ってやってくれということづけだったそうだ」

又一は口をつぐんだ。

やはりあの時、おしずは金を取りに二階へ上がって行ったのだ。俊吉もそれと知っていただろうに、足をとめるようすもなかった。おしずは金を直接又一に渡すようなことはしない、そっと耕雲にあずけるだろうとわかっていたのだ。

くそ、ふざけやがって。何がのろまの亭主とそそっかしい女房だ。

「もらってやりな」

慶次郎が、懐(ふところ)から懐紙(かいし)にくるまれたものを出した。

「あの二人にとっちゃ、遣わなかった金が簞笥(たんす)の引出にたまっていただけのことだ」

「くそ。こっちは食いものと見りゃ人を押しのけて口へ入れ、見つかりさえしなければ、人の食いものも俺のものにしていたんだ」

「八丈島でのことだろうが」

それでも、おしずと俊吉のように生きるのはむずかしい。おしずのような女にめぐり逢えたらと思うが、又一は俊吉ではない。

「安心しな。あんな夫婦は、めずらしいんだよ」

くそ。その通りだよ。世の中、おひさと俺のような夫婦ばっかりだ。だから小伝馬町の牢獄に大勢の人間がいて、八丈島へ流されてくる奴が多いんだ。

　慶次郎が、懐紙にくるまれている金を、又一の膝の上に置き直した。

よせ、ばかやろう。

　払い落とすこともできず、又一は白い懐紙を見つめた。見つめているうちに、慶次郎やおひさへの恨みの薄れてくるのが口惜しかった。そしてなお口惜しいことに、肩の荷がおりたような気もしてきた。

隅田川

瓦町の自身番屋で、辰吉が待っていた。四月ほど前に起こった押込強盗の事件で、わずかながら手がかりがつかめたという。

森口晃之助は、砂埃を吹きつけてくる師走の強い風に顔をしかめながら、辰吉が懐から出した油紙を開くのを待った。油紙の中は、長い間水につかっていたらしい色褪せた風呂敷だった。

「富士見の渡し近くの枯葦にひっかかっていたそうで」

晃之助は、十手の先で風呂敷をひろげた。かなり大きな風呂敷だった。

「ここんところの日照りつづきで、川の水嵩が減ったせいでしょう、こいつが枯葦にひっかかって、ひらひらしているのが見えたんだそうでさ。ええ、つい先刻、弥五が見つけてきやした」

弥五は辰吉の下っ引で、天王町の湯屋で働いている。湯屋の薄暗い湯槽に入り、熱い湯につかっている間、客達はたいてい声高に世間話をする。弥五は、その中で耳にとまった話を、そっと辰吉へ知らせにくるのである。人に知れたならば袋叩きにあいかねぬ仕事だが、誰それの金遣いが急に荒くなったという話から辰吉が探索をはじめ、盗賊を捕えたこともある。晃之助や辰吉にとって、いなくなっては困る存在だった。

風呂敷をひろげていた晃之助の十手がとまった。

風呂敷は、描かれていた柄がわからぬほど色褪せていたが、隅に、商標を染め抜いたと思えるものが残っていたのである。無論、商標ははっきりとしていない。井桁の中に今は『ゆ』としか読めない文字がある。が、これは、『津』の字をくずしたものではないか。四月前、二人の盗賊に押し込まれたのは、聖天町の蠟問屋、津田屋で、その商標は、井桁の中に丸くくずした『津』の字なのである。

「川岸へ行ってみよう」

と、晃之助は言った。辰吉は、うなずいて瓦町続横町の方へ入って行った。

突き当りが隅田川で、日頃は気にとめていないせいか、あまり聞いた覚えのない川音が聞えてくる。

富士見の渡しは、舟から富士が見えるのでその名がついたといい、横町を通り過ぎた河岸地に舟着き場がある。本所横網町へ渡る舟が出るので、荷物のある時は好都合なのだろう、大きな荷物を膝にのせた男が、風除けに手拭いで頬かむりをして土手に蹲っていた。

その強い風が、両国広小路や東両国のざわめきをはこんでくる。見世物小屋の呼び込みらしい声が、はっきり聞えることもあった。

舟を待っている男が、定町廻り同心と岡っ引の二人連れと気づいて腰を浮かせたが、辰吉も晃之助も、素知らぬ顔で土手を駆け降りた。

川の水は、思っていたよりも濁っていた。が、水に濡れて、黒く変色した葦の茎が二、三寸も見えている。どこで誰がなぜ捨てたのかわからないが、水嵩の減少は計算外の出来事であっただろう。

隅田川を往き来する舟は少なくない。夜になれば、ひそかな逢瀬を楽しむ男女が屋形舟を出す。御米蔵の裏手、首尾の松あたりで舟をとめ、船頭が煙草を買ってくるなどと言って岸へ上がって行くのが常のことだといい、山谷堀近くに屋形舟がとまっていたとしても、誰も不思議には思うまい。

聖天町は、山谷堀にごく近い町だ。船頭と、客をよそおって屋形舟に乗った女が聖天町で盗賊に化けたとすれば、ふたたび屋形舟に乗って本所側へ上がることもできる。船頭は、何くわぬ顔で船宿へ戻って行けばよいのである。

「あぶねえ。何だ、あの舟は」

辰吉が叫んだ。土手に蹲っていた男も立ち上がっていた。まだ陽が高いというのに吉原へ遊びに行く客がいるのだろうか、風にさからって川を遡っていた猪牙舟が、突然沈みはじめたのである。

泳ぎを知っているにちがいない船頭は、素早く川へ飛び込んだが、つづいて飛び込んだ客は、まるで泳ぎを知らぬと見えて、必死に船頭へしがみつこうとする。

「ばかめ、それでは二人とも死んじまう」

辰吉がわめいている間に、晃之助は羽織を脱ぎ捨てていた。

米吉が自分の素性を喋ったせいで、勇次の身許もわかってしまったのかもしれない。米吉の女房のおとよと、おとよの友達でもあるおみねが、八丁堀へ駆けつけてきた。瓦町の自身番屋で、しばらく川の中に沈んだ軀を暖めてもらい、「念のために」とはこばれてきた医者の家が、町方同心の敷地に建てられていたのである。

庄野玄庵という医者は、丹念に勇次と米吉の軀を診て、そばでくしゃみをしていた定町廻り同心と岡っ引に風邪薬を処方した。勇次と米吉は多少川の水を飲んでいるものの、異常はないということらしかった。

医者の家からは、勇次が先に出た。無論、おみねが追いかけてきた。米吉があとに残されたのは、猪牙に穴が開いていると定町廻り同心が気づいたせいだろう。森口晃之助とかいう同心は、くしゃみをしながら「恨まれる覚えはないか」と米吉に尋ねていた。

何も知らぬおとよがおみねを連れてきた時は、米吉と俺は船頭と客ということになっている、船頭の女房が客の家を知っているわけがねえだろうと冷汗が流れたが、おみねが「うちの人がこの船頭さんの贔屓で、おかみさんがうちへ柿を持ってきてくれなすった時から、女どうしで往き来しております」と、あまりうまくはないものの、ともかく言訳をしてくれた。おとよは不思議そうな顔をした。が、「それはちがうじゃありませんか」などと言い出す女ではない。

米吉は、終始、不機嫌だった。それはそうだろう。勇次の胸のうちの、おそらく半分くらいは正確に見抜いているにちがいないし、猪牙舟に穴を開けたのが勇次であることにも気がついている筈だ。

四月前の八月、勇次はおみねを連れて、船宿のやなぎ屋を訪れた。夏の暑さがまだ残っていて、涼を求める舟が隅田川を往き来したり、川岸にとまったりしている頃だった。

やなぎ屋では、米吉が働いている。口のかたい船頭だと聞いたから名指しして、酒肴の用意もさせて屋形舟に乗った。船宿に戻ったのは、大分遅かった。おみねを本所横網町でおろし、一人で船宿へ戻った勇次は、やなぎ屋の女将に「とんでもないすったもんだがあってね」と頭をかいてみせた。それで、女将は勇次の顔を覚えていたのだろう。今日、吉原へ行きたいと言うと、二階でごろ寝をしていた米吉を呼んでくれたのである。

玄庵の家を出ると、すぐにおみねが寄り添ってきた。はためには勇次の軀を気遣ったように見えたかもしれないが、「死ぬ気だったの？」と恨めしそうに勇次を見た。勇次にすがりついていなければ、歩けないのではないかと思うほど、小刻みに軀が震えていた。

勇次は、家具職人である。それも、引出や手箱などの小物を得意とする職人で、鑿は使い慣れている。狭い猪牙舟の中で、米吉の目をかすめて鑿を出し、穴を穿つのはむずかしい仕事だったが、勇次ならやれると、おみねも思ったにちがいない。

事実、勇次は、舟が転覆するほどの穴を開けた。勇次が舟に乗ってから、何の用事があったのか米吉がなかなかあらわれなかったのも幸いしたし、舟を出してからは、米吉が強い向い風に気をとられていたことも仕事をしやすくしてくれた。

「ね、死ぬ気だったんでしょ？」

八丁堀から照降町（てりふりちょう）、玄冶店（げんやだな）を抜けて歩いてきて、今は両国橋の上にいる。おみねの視線を痛いほど感じたが、勇次は隅田川の流れを見つめていた。

「おとよさんのため？」

勇次は黙っていた。その間に、煤竹（すすだけ）を売り歩く声が通り過ぎて行った。

「そうでしょ？　何にも知らないおとよさんのために、米さんを殺して、勇さんも死ぬ気だったんでしょ」

「ばか。大きな声を出すな」

勇次は思わずあたりを見廻した。が、両国広小路へ向う人も本所をめざしている人も皆、足早で、気ぜわしげで、橋の上で欄干（らんかん）に寄りかかっている二人連れなどふりかえりもしない。

川から吹き上がってくる風がつめたかった。

「帰ろうぜ」

と、勇次は言った。が、おみねは動かない。

「言わせてもらうけど、勇さんに、ばかなんぞと言われる筋合いはありませんからね」

「わるかったよ」

素直にあやまったが、おみねは横を向いた。近頃のおみねは、すぐに拗（す）ねて泣き出してしまう。

人通りの多い橋の上で、おみねの肩を抱き寄せることも、涙を拭っているらしい顔をのぞき込むこともできず、勇次は、せんぶりを煎じた苦い薬湯でも飲まされたような顔で、橋の下を流れる隅田川を見つめた。幼い勇次と米吉を連れて越前から出てきたそれぞれの両親も、人づてに聞いた話よりはるかに多い人通りや、荷車の走って行く早さに度肝を抜かれ、この橋の上で立往生をしていたのではあるまいか。

なぜ、二人の親が越前から出てきたのか、勇次は知らない。おそらく、米吉も知らないだろう。ただ、越前で何をしていたのだという勇次の問いに、父親が、これでも多少の田圃は持っていたのだと苦々しげに答えたことがある。これは勇次の推測だが、はなはだしい凶作の年があって、兄弟以上に親しかったという勇次の父親と米吉の父親が、故郷から逃げ出す相談をしたのではないだろうか。

本所横網町というところに吾一さんがいる筈だと父親が疲れきった声で言ったのを、勇次は今でも覚えている。勇次は欄干に寄りかかって眠っていたのだが、倒れそうになって目を覚まし、勇次を支えた父親が、とっておきの方法でも切り出すような口調でそう言ったのだった。

だが、横網町に吾一はいなかった。そのかわりに、おみねの母親とおとよの両親がいた。おみねの母親は働き者で親切で、おとよの母親も同じだったが、父親が怠け者だった。おみねの母親もおとよの母親も、吾一を頼りに越前から出てきたという話を聞き、同情してくれたらしい。ともかくこの長屋に腰を落ち着けて、吾一さんを探しなすったらどうかと、差配を呼んでくれた。

そのあとで、差配とどんな交渉があったのかわからない。勇次の脳裡に焼きついているのはなぜか、「それは困る、できない」と繰返す差配を見上げている、自分には見える筈のない自分の姿なのである。

勇次と米吉の家族六人が、ちょうど空いていた家で暮らすことになったことを考えれば、双方の親達の哀願と、おみねとおとよの母親の強引な頼みに、差配は押しきられたのだろう。勇次の家族が同じ長屋の空家に移ったのはそれから半年後、吾一という人はとうとう見つからなかったが、勇次の父親も米吉の父親も、おみねとおとよの母親の助けで、それぞれ稼ぐすべを得たようだった。

「あれから二十年か」

いろいろなことがあった。おとよに妹が生れたり、その赤子が養女に出されてきっと内緒にしてくれと頼まれたり、おみねの母親にばかり優しいと米吉の母親が父親と大喧嘩をしたり、勇次が家具職人の家へ奉公に出るとまもなく、両親があいついで他界したり、何事もない平穏な年など、一年もなかったような気がする。

米吉は、両親の頭痛の種だった。はじめは本所中ノ郷周辺に多い瓦屋へ奉公に出されたが、三月たたぬうちに戻ってきたし、左官の弟子になっても建具職人の弟子になっても長つづきしなかった。舟をあやつる技をどこで覚えたのか、やなぎ屋の船頭となったのは十七の時で、以来、七年間もその仕事についている。当人が言っている通り、性に合っていたのかもしれない。

もっとも、船頭の仕事を放り出したなら、勇次は米吉を足腰のたたぬほど叩きのめしていただろう。米吉は、おとよを女房にした。いや、おとよが米吉の女房となったのである。あの約束から、一年が過ぎたばかりの頃だった。

約束は、勇次が十九、おとよは二つ年下の十七で、あと三、四年もすれば一人前になれるという時にした。藪入りの日に横網町へ行った勇次は、そっとおとよを呼び出して、それまで待っていてくれるかと尋ねた。おとよは、頰をあからめてうなずいて、めずらしく自分から指切りの小指を差し出した。

待ってる。だから勇ちゃんも、わたしをおかみさんにするって約束して。

するさ。当り前じゃないか。

わたし、勇ちゃんは、おみねちゃんが好きなんだと思ってた。――

「まったく、いつだってわたしをばかにしているんだから」

突然、おみねの声が耳に飛び込んできた。ふいにおみねが叫んだのではなく、ずっと恨み言を言っていたのを、もの思いにふけっていた勇次が聞き逃していたのかもしれなかった。

「十四、五の頃から、ずっとそうだったじゃないの。勇さんも米さんも、わたしに気があるようなふりをして、おとよちゃんの気をひいていたんだ」

「つまらねえことを言うな」

と言ったが、心当りがないわけでもない。

おとよの母親が苦笑まじりに話してくれたことだが、おとよは、近所の若者に付文をされただけで寝込んでしまったという。やたらに男のそばへ行くものではない、子供をみごもってしまうという母親の脅しを信じていたせいで、父なし子を生んでしまうと悩んだあげくの発熱だったらしい。

うぶを通り越しているようなおとよを口説く言葉など、誰も思いつかなかった。口説けば、おとよは道で出会っても避けるにちがいない。おとよの気をひくには、おみねと親しくつきあって、おとよの胸のうちで眠っているにちがいない競争心を煽りたてるほかはなかったのである。

「そっちは、それでいいかもしれない。だけど、ちっとはわたしの身になってごらんなさいよ」

おみねに言われるまでもなく、可哀そうなことをしていると思ったこともある。あれは十七の時か十八の時か、盆の藪入りに横網町を訪れたのだが、簡単な挨拶をしただけで恥ずかしそうに家の中へ入ってしまったおとよに業をにやし、大声でおみねを呼んでみやげを渡したことがある。そのあとで、大名屋敷の塀がつづく人けのない隅田川の川べりへ連れて行けば、勇次は自分に気があるものと、おみねが誤解するのは当然だった。

「勇さんは知らないでしょ。勇さんが元鳥越の親方のうちへ帰ってから、勇さんとどこへ行ったのっておとよちゃんが聞きにきた。わたしも、とんだまぬけでしたよ。得意になって、大川端へ行ったって教えてやって、べそをかいたようなおとよちゃんの顔を見て、可哀そうなことを言っちまったって思ったんだもの。可哀そうなのは、わたしの方だったのに」

「すまねえ。だが……」

「おとよちゃんの気をひくつもりはなかった、お前をそんな道具に使ったりはしねえなんて言わせませんからね。わたしはあれからまもなく、おとよちゃんから三、四年後には勇さんのおかみさんになるって、聞いたんだもの」

だが、おとよは米吉の女房になった。

「待っていられなくなって、米さんの女房になったおとよちゃんもばかだけど、おとよちゃんに振られりゃわたしをおかみさんにしてくれるだろうと思ったわたしは、もっとばかでしたよ」

一番の大ばかは俺だと、勇次は思う。元鳥越の親方の家をおとよがたずねてきて、「ごめんなさい」と泣きながらあやまった時、何があったのか察してやるべきだったのだ。男のそばへ寄ればみごもると十六、七まで信じているような娘が、一人で元鳥越まで勇次に会いにきたのはよほどのことがあった筈と、おとよの胸のうちを推測してやらなければいけなかったのだ。

ごめんなさい、わたし、米吉さんのおかみさんになる。

そう言って、おとよは逃げるように帰って行った。

勝手にしやがれと、その時の勇次は思った。米吉はやなぎ屋の船頭となっていて、気がきくのと愛想のよいのとで、彼を名指して舟を出す客も多いと聞いていた。客の祝儀(しゅうぎ)でかなりの収入があり、米吉の両親は、越前から出てきた時には思ってもみなかった幸せだと、涙をにじませて喜んでいたという。怠け者の父親をかかえているおとよが、母親に楽をさせたい一心で米吉を選んだのだと、勇次は思ったのである。

「おとよちゃんは、勇さんが親方の家を出ればすぐ、わたしをおかみさんにすると思っているらしいけど。――もう、いい。わたしの方が断る」

おみねは苛立たしげに両手で欄干を叩き、横網町とは反対の、両国広小路へ向って走って行こうとした。

「待てよ、おい」

あわてて勇次がつかんだ袖を、おみねは乱暴に振り払った。

「何するの。わたしが自身番屋に駆け込むとでも思ってるの」

自身番屋という言葉が聞えたのだろう。さすがにふりかえって二人を見つめる者がいた。勇次はおみねを引き寄せながら、その視線にかぶりを振り、頭を下げてみせた。

「この人通りの中で、おかしなことを言ってくれるなよ」

「そうね、おかしなことを言って岡っ引が駆けつけたら、何にも知らないおとよちゃんに迷惑がかかるものね」

「そんなことを言ってるんじゃない」

「それじゃどんなことを言ってるの。あの米さんが、いいえ、あのろくでなしの米吉が博奕で借金をこしらえて、おとよちゃんをその借金のかたにしちまったってこと?」

「いい加減にしてくんな。俺だって怒るぜ」

「怒りゃいいじゃないの、勝手に。何さ、一生のお願いだっていうからあぶない仕事もひきうけたのに、みんなおとよちゃんのためだったんじゃないの」

いつだってそうだ。わたしは勇さんのためと思っているのに、実はおとよちゃんのためにこき使われている、それなのにおとよちゃんは何も知らず、手も汚さず、のほほんと暮らしていられるんだ。

一言もなかった。また、詫びてすむことでもなかった。が、おみねは、勇次に言葉をつくして詫びてもらいたかったのかもしれない。唇を嚙んで立ちつくしている勇次を見て、欄干にうつぶせた。

その背がかすかに波打っている。泣き出すのは当り前だし、なまじなことを言えば、なお激しく泣きじゃくるだろう。足早に歩いてくる人達の、好奇心をむきだしにした視線が気になるが、しばらく放っておくほかはないかもしれなかった。

「先に帰って」

おみねが、うつぶせたままのくぐもった声で言った。

「先に元鳥越へお帰んなさいよ、わたしなんざ放っておいて」

そんなことのできるわけがなかったが、おみねは、親方が心配するからと言った。

「大事な用事があると言って、半日、暇をもらったんでしょう？　それくらい、わかりますよ。わたしは大丈夫、心配しなくってもいい」

「でも」

「米吉が何か頼んできても、勇さんの頼みじゃないから、わたしは承知しない。米吉は、一人じゃ何にもできやしない。あいつと一緒に溺れ死んでもと、勇さんが思いつめたようなことにゃなりませんよ」

「そうか」

「さ、早くお帰んなさいよ」

「すまねえ」

勇次は、深々と頭を下げて踵を返した。なぜ俺は、このよく気がつく女に惚れなかったのだろうと、いつも思うことをまた思った。


奉行所から帰るとまもなく、辰吉が訪れた。一日中つめたい風にさらされた空っ脛を暖めてやろうと、風呂へ入る支度をしていたところだったが、晃之助は、帯を締めなおして居間の障子を開けた。

辰吉は、風に吹かれてかえって火照ったらしい頬や鼻を赤くして、庭に蹲っていた。

「上がらないか、辰つぁん」

と、晃之助は言った。

「親ばかでね、ここを開けっ放しにしていると、八千代が風邪をひくのじゃないかと気にかかるのさ」

「晃之助旦那が、そういうせりふを言いなさるようになりやしたか」

「年月のたつ早さがそぞろ身にしみると、爺むさい顔をしてみせたってだめだぜ。羨ましがってるのは、お見通しだ。早く、おぶんちゃんに生んでもらいな」

辰吉は、苦笑いをしながら縁側へ上がってきた。

「御用の方を申し上げやしょう。勇次も米吉も、家具職人と船頭に間違いありやせん。ことに勇次は、正直者で腕がよくって気性が穏やかでと、親方から近所のおかみさん連中にまで評判がいいんですが」

「ふうん」

と、晃之助は言った。それを合図にしたように、皐月が盆を持って入ってきた。盆の上には熱い茶の入った湯呑みが二つと、にぎりめしの皿が一つのっている。勇次と米吉の周辺を探っていた辰吉は、腹を空かせているにちがいなかった。

皐月は、八千代の眠っている部屋へ入って行ったらしい。何に驚いたのか、八千代が泣き声をあげたが、すぐにおとなしくなった。

「勇次は吉原へ行く途中だったと言ったじゃないか。真っ昼間から遊女屋へ行くような男が、親方から近所のおかみさんまでに評判がいいとは思えない。親方はごまかせても、近所のおかみさん達の目はごまかせないよ」

「おまけに、おみねという女がいる」

「親方の話は聞いたのかえ」

「へえ。昨日、勇次は、米吉の相談にのってやらなければならねえので、ほんの少し暇をくれと言って出て行ったそうで。が、おとよという女房がいるくせに、米吉の行状は褒(ほ)められたものじゃねえ。で、親方も、お前の身に災難が降りかかるといけねえから、親切もほどほどにしておけと忠告をして出してやったんだそうでさ」

「それが吉原行きか。とすれば、勇次はとんでもねえ正直者ということになる」

そうは見えなかったと、晃之助は思った。実直そのもののような勇次がまさか、と思いたい。が、晃之助は、自分にかぶりを振った。勘に頼ってよい時もあるが、今の場合、養父の慶次郎ならば事実だけを重ねて行くだろう。

「妙な話だな」

「そうは見えませんでしたがね」

と、辰吉が、晃之助が胸のうちで呟いて打ち消したのと、同じ言葉を口にした。

「確かに鑿を使う職人だが、その鑿を失くしたと騒いでいるようすもありやせん」

「ま、鑿くらい、どこでも買えるわな」

「それに、もう一つありやす」

と、辰吉は言った。

「おみねの言ったことも嘘でした。今の勇次は元鳥越の親方の家に住み込んでいるが、その前は本所横網町にいたそうで。米吉も、あちこちをうろうろしているが、十二、三の頃までは横網町の同じ長屋にいたというし、米吉と所帯をもつ前のおとよも、その長屋に住んでいやした。おみねは、母親をかかえて今もその長屋で暮らしていやす」

「客と船頭の間柄ではなくて、幼馴染みか」

きまったようなものでと言う辰吉の声が聞えた。津田屋へ押し入った盗賊は勇次と米吉できまり、舟には機転がきくらしいおみねが乗っていたのだと考えているのだろう。

それで間違いあるまいと、晃之助も思う。が、実直そうな勇次の姿が脳裡にちらついて、まさかと思う気持がどうしても割り込んでくる。

思い出したくもないが、常蔵は物腰のやわらかい、女に好かれる男だった。慶次郎の娘であり、晃之助がその夫となる筈でもあった三千代が、自害する原因となった男である。慶次郎の友人である古道具屋、翁屋与市郎の娘のおりょうは、常蔵のやわらかな物腰とやさしい口調に騙されて、短い一生を終える破目となった。常蔵は、辰吉と一緒に暮らしているおぶんの父親で、辰吉も事件を思い出したくないだろう。人は見かけではない。見かけではないが、勇次まで実は稀代の大嘘つきだったというのだろうか。

「寒――」

隙間風が背中へ入ったような気がして、晃之助は身震いをした。

「すまないが、もうしばらくの間、下っ引にその四人を見張らせておいてくれ」

「承知しやした」

辰吉は、皐月のいる方へ軽く頭を下げてから、にぎりめしへ手をのばした。

鉋の刃を研いでいると、客がきたと小僧が知らせにきた。女の客だという。おみねだろうと思った。厄介なことを言いにきたのでなければいいがと思いながら、勇次は砥石に水をかけた。親方からもらった小遣いをため、勇次にしてはかなりの大金をはたいて買った砥石が、薄緑色のねっとりとした肌を見せた。

研いだばかりの刃も、一直線に揃って狂いがない。勇次は、鉋にざっと嵌め込んでから外へ出た。板を削っていた親方が、ちらと目を上げたような気がしたが、呼びとめられはしなかった。

風が砂埃を巻き上げて行く道に、女の姿はない。小僧を呼ぶと、唇を尖らせて材木の向う側を指さした。

おみねならば、勇次が探す前に顔をのぞかせているだろう。小僧が不満そうな顔をしていたのは、勇次を呼んでくれと頼んでいながら駄賃を渡さなかったからかもしれず、もしそうだとすれば、それほど気のきかぬ女は勇次の知り合いに一人しかいない。

材木の陰には、やはりおとよがいた。低声でも聞えるくらいまで勇次が近づくのを待っていて、「これで二度めね」と笑った。が、勇次には泣き出しそうな顔に見えた。

「どうした。米さんと喧嘩でもしたのかえ」

「喧嘩ではないのだけど。いえ、やっぱり喧嘩かもしれない」

おとよはまた泣き出しそうな顔で笑って、

「ついそこまで、行ってもらってもかまわない？」と尋ねた。ちょうど一仕事終えたところだった。研ぎ場の桶の水をかえずにきてしまったが、勇次のうしろで鉋の刃をはずしていたのは、二つ年下の職人だった。水をかえたいと思えば、黙ってかえてくれるだろう。

が、ついそこまでと言った筈のおとよの足は、三味線堀から隅田川へそそぐ堀割の橋を渡り、左へ折れて、天王町を通り過ぎてもとまらなかった。瓦町でさらに左へ折れ、瓦町続横町も通り過ぎて行く。先日、勇次と米吉が、定町廻り同心と岡っ引に助けられた富士見の渡しへ行くつもりらしかった。

勇次は、先に立って歩いてゆくおとよの背を見つめながら、今日まで胸のまわりをかためていた蠟に、ひびが入ってぼろぼろとこぼれてゆくような気がした。何も知らぬと思っていたおとよはすべてに気づいていたのかもしれず、その痛々しさに抱きしめてやりたいような思いが、どうしようもなく噴き出してくるのである。

「昨日の夜、米吉から聞いたの。ごめんなさい、勘弁してやって」

「何を勘弁するんだえ」

勇次は、おとよと目を合わせぬようにして水際へ近づいて行った。強い風が吹きつづけているせいか川の水は濁っていて、舟を待つ人の姿もない。

「妙だとは思っていたの。だって、金を返せ、借りたものはきちんと返せと、あれだけうるさく言ってきた人達が、八月の末には、まったくこなくなったんですもの」

「米さんにゃ、贔屓の客が多いからな」

「ご祝儀をたくさんもらったっていうの？」

「そうとしか考えられねえだろうが」

　おとよは口を閉じた。空中で渦を巻いていた風が、二人の間に割って入ってきた。

「あのね、米吉へのご祝儀はね、やなぎ屋の女将さんが米吉から取り上げていてくれなすったの。毎月、晦日になるとそれをうちまで届けにきてくれなすって——。それがなかったら舅も姑も、わたしの親も飢え死にしていたかもしれない」

　勇次が口をつぐむ番だった。

「ごめんなさい、勇さん。この間、舟に穴が開いていたと町方の旦那が言いなさるのを聞いて、わたし、こわくなっちまったの」

　返事のできるわけがない。

「わたしね、米吉なんざ死んじまえばいいと思ってた。そりゃね、所帯をもった当座は一所懸命働いてくれたけど、そんなの一年ももちゃしなかった。ご祝儀が入れば、そのお金を持って岡場所へ遊びに行って、ぬらぬらした軀で帰ってくる。その軀で、わたしの寝床へ入ってくるの。きたならしくって気持がわるくって、ほんとうにいやだった」

勇次は、足許の小石に足をのせ、力まかせに地面へ埋め込んだ。米吉の女房になると知らせにきたおとよの心中を、読み取ることができなかった自分の迂闊さを、今更のように後悔した。

落着いて考えれば、おとよは約束を破るような女ではなかった。勇次が一人前になるまで待つと約束をしたならば、勇次が別の女に心を移しても、じっと待っているような女だったのだ。

ばかだ、俺は。

あまり器用とは思えないおとよが母親を助けて他人の着物を縫い、手間賃を稼いで、ろくに働かぬ父親と、すっかり老け込んだ米吉の両親を養うような目に遭わせてしまったのは、俺がばかだったからだ。あの時、勝手にしろなどと思わず、何があっても俺の女房になれと言っていれば、自分の親と亭主の親を養ったり、借金のかたにされるような苦労を、おとよにあじわわせるようなことはなかったのだ。

が、今更何を言っても遅過ぎる。両親の留守中に米吉がおとよに襲いかかったらしいと、なぜ早く教えてくれなかったと、それを知っていたおみねの母親をなじってもはじまらない。おとよは自分を裏切ったと思い、勝手にしろと胸のうちで罵った罪滅ぼしを、勇次は一生つづけて行くほかはない。

「借金の証文に、お金を返せない時はわたしを叩き売ってもいいって書いてあったんですってね」

「知らなかった。初耳だよ」

嘘だった。あの時、勇次は米吉に呼び出され、この富士見の渡しの川上で、おとよを深川の櫓下へ売り飛ばさなければ、借金は返せないと打ち明けられたのだった。

俺のせいだと、勇次は思った。米吉の女房になると言ったあとで、おとよは、助けてくれとすがりつきたかったにちがいない。が、みだりに男へ近づいてはいけないと、きつく母親に言われていたおとよに、それができよう筈がない。母の忠告は、迂闊に男に近づけば自分のように怠け者を亭主にしてしまうことがある、用心せよという意味だったのだろうが、おとよは、母親の言葉そのままを守っていたのだ。

察してやれないことではなかった。おとよが一人でたずねてきたあとで、勝手にしやがれと思わず、おとよの胸のうちを考えてやれば、米吉がおとよをむりやり従わせたことぐらい、見当がついた筈なのだ。おとよは、勇次が腹を立ててしまったばかりに、岡場所へ売られる破目になったと言ってもいい。

二十を過ぎて売られる女の行末は、目に見えている。男に触れればみごもると信じていたおとよが、一夜に複数の男と寝なければならない境涯に陥るのを、勇次は何をしてでも防がねばならなかった。

「おみねちゃんも手伝ったんですってね」

おとよの声が聞えたが、勇次は黙っていた。

おとよを遊女にするくらいなら、自分が盗賊になった方がいい、商売が順調な店から一度くらい金を頂戴しても、おとよを泥水の中へもぐらせるほど可哀そうなことになるまいという勝手な理由を思いつき、その店の人達が売り上げをのばすために睡眠を削って働いているかもしれないことには目をつむって、押込強盗の話を持ち出したのは勇次の方だった。

米吉は、すぐに乗気となった。

金を奪ったなら舟で逃げよう、猪牙よりも、川岸にもやっておいても怪しまれぬ屋形舟の方がよいだろうが、屋形舟を出すには客がこなくてはならねえ、勇さん、お前、客となってくれねえか、相手はおとよと言いてえが、あいにくおとよは女将に顔を知られている、だから、お前に惚れているおみねを何とかごまかしてさ。

「何で、何でわたしに話してくれなかったんですよ。わたしの知らないところで、それもわたしのせいで勇さんやおみねちゃんが盗賊になっちまって」

「おみねを盗賊の仲間にしやしないさ。俺達が津田屋へ押し込んだ時、おみねは舟にいた。事が露見しても、おみねは何も知らなかったことにできるんだよ」

「でも、おみねちゃんは、勇さんと米吉が何をしているか、承知して舟に乗っていたんでしょ？　わたしは押込の手伝いをしているんだと、そう思いながら勇さんを待っていたんでしょ？　その時のおみねちゃんの気持を考えると、わたし、どんな風にあやまればいいのかわからない」

「知らないふりをしててくんなよ」

そう、知らないふりをしていた方がいい。なまじ動けば、定町廻り同心や岡っ引の目をひくことになる。何事もなかったようにじっとしていてくれた方が、おみねを押込強盗の手伝いをした女とせずにすむのである。

一生に一度の頼みだと言って頭を下げると、おみねは、口許にゆがんだ笑いを浮かべて承知してくれた。一緒に地獄へ墜ちるなら本望だとも言ってくれた。

でもさ——。

そのあとにつづいた言葉に、勇次は、錐で胸を突かれたような思いをした。

でもさ、押込の手伝いをさせたからって、恩にきるような真似をしちゃいやだからね。

押込の手伝いをしてもらったからと恩にきて、一日延ばしにしていた祝言をあげてくれるのは御免蒙ると言ったのだった。

こういう意地を張らなければいい女だと思ってもらえる、そうわかってはいるんだけど。

だめだねえと、おみねは笑った。掌で口許をおおっていたが、への字にゆがんでいるのがよくわかった。

それでも、勇次はおみねを連れてやなぎ屋へ行き、屋形舟を仕立てて山谷堀へ行った。竿をさす米吉の頬はひきつれていて、さんざんわるさをしてきた男でも、小金を強請り取るのと押込強盗では、わけがちがうようだった。押込を働くのは恐しい、米吉もこれに懲りて、博奕も借金もしなくなるだろうと、勇次はむしろ、ほっとしたような気持になっていたのである。

「心中するつもりだったんでしょ」

ふいに、おとよが言った。

「いくらぼんやりでも、舟に穴が開けられていたと聞けば気がつきますよ。勇さんは、米吉と心中するつもりだったんでしょ」

「ばかな」

と、勇次は笑った。

「俺だって、女に好かれねえわけじゃないんだぜ。心中をするのなら、もう少し気のきいた奴とするわな」

「米吉は、また借金をしているの。でも、いつだって返せるんだって笑ってた」

簡単に金を奪うことができたので、米吉は味をしめたのだろうか。もう一度頼むと言ってきたのは、十日ほど前のことだった。勇次は即答を避け、その二日後に、吉原へ行くと言って米吉に猪牙舟を出させたのだった。

「勇さん。わたし、これだけは言っておきたいの。米吉は、わたしの亭主です。米吉の借金でわたしが売られるようになっても、わたしのうちのことなの。だから、もう、知らん顔をしてて。どう考えても米吉は死んじまった方がいいと思ったら、わたしが心中します。お願いだから、おみねちゃんをとんでもないことに誘ったりしないで」

おとよは、ふいに身をひるがえした。米吉と所帯をもつと言いにきた時と同じだった。

見送られると、勇次は思っていなかったにちがいない。夕闇の中でふりかえって見之助の姿を認めると、あわてて頭を下げ、すぐ先の角を曲がって行った。踵を返す前に人の気配がした。やはり、おみねがきていたようだった。屋敷の門の前であった。晃之助はおみねをふりかえりながら、「中へ入るかえ」と言った。俯いているおみねが、かすかにかぶりを振った。

津田屋の一件は、思いがけぬかたちで片付いた。米吉が、賭場の喧嘩にまきこまれて命を落としたのである。一人で津田屋へ押し込もうとして失敗、猪牙舟で逃げた翌日のことだった。

米吉は、勇次が二度めの押込を手伝ってくれるどころか、舟に穴を開けて自分をこの世から追い出そうとしたことを恨み、盗賊は勇次と思わせようとしたらしい。米吉を見張っていた弥五の報告では、鑿を買いに行き、その鑿の柄をしきりに彫っていたという。猪牙舟で逃げる時に、鑿は隅田川の中へ捨ててしまったようだが、勇次の名が彫られていたのかもしれない。

晃之助が元鳥越町へ行った時、勇次は、米吉が死んだことを知らなかった。おとよは、その死を知らせに行かなかったのである。

覚悟をきめたように仕事場から出てきた勇次に、晃之助は、仕事を終えてから八丁堀へこいと言った。自身番屋へ連れて行くのは具合がわるいと思ったのだが、それを、

十一、二と見える小僧が好奇心をむきだしにして聞いていた。許嫁とされているおみねへ、小僧が知らせに行かぬわけはなかった。

「勇次は、何もかも話しましたのでしょうか」

と、おみねは言った。「話したよ」と、晃之助は答えた。当番の差配やら、町が雇った書役やらが詰めている自身番屋ではなく、どうかすれば皐月でさえ、声の聞えない台所へ引っ込んでしまう屋敷へ勇次を呼んだのは、すべてを話してもらうためだった。誰もいないとわかれば、勇次もおとよやおみねの名を出すかもしれない。そう思ったのである。

「勇次は元鳥越へ帰ったようでございますが。逃げも隠れもしないようだからと、いったんお帰しになったのでございますか」

「いや、やはり無実だったので帰した。津田屋の一件は、米吉のしたことだった」

おみねは、まばたきもせずに晃之助を見つめた。

「そう、勇次が言ったのでございますか」

晃之助は、かぶりを振った。

「そんなことを言やあがったら、帰しはしないよ」

おみねは、黙って自分の足許を見た。しばらく待ったが、頭を上げようとはしなかった。

「で、お前さんはどうする」

ややしばらくたってから、聞きとりにくいほど小さな声の返事があった。

「勇次がお咎めをうけるなら、わたしも自訴して、あとを追うつもりだったのでございますが」

「勇次も、小伝馬町へ送ってくれ、死罪となる覚悟はできているなんぞと、たわけたことを言っていたっけ」

「それでも、お解き放ちになったのでございますか」

「解き放つも何も、俺に勇次を捕えた覚えはないよ。聞きたいことがあるから、八丁堀まできてくれと頼んだだけだ」

西の空に残っていた濃い紅色も東の空の藍色に消されて、風の音ばかりが大きくなった。その風の中で、おみねは、まだ自分の白い素足を見つめていた。

「勇次のあとを追って、地獄へ行くときめていたものですから、勇次は無実と伺って、頭の中ががらっぽになっちまって」

先刻より、はっきりした声だった。

「地獄なら、おとよちゃんが割り込んでくる気遣いはないし」

だが、いったんは死罪を望んだ勇次も、この世で生きる方を選んだ。すべてを米吉に押しつけるかわり、米吉の両親の面倒をみることにしたのである。

亭主が高額の借金をかかえていたことも、その借金を津田屋から奪った金で清算したことも、まるで知らなかったというおとよの申し立てを、吟味与力がそのまま受け取ってくれるかどうか。軽い咎めがあるかもしれないが、問題はむしろそのあとだろう。いくらおとよの母親が働き者であるとはいえ、米吉の両親まで養えるとは思えない。勇次は、おとよとその母親が、怠け者の父親と米吉の両親をかかえた重みに押し潰されないようにすると言ったのだった。

「そうですか――」

と、おみねは言った。

「あいかわらず、わたしのことなんざ、これっぽっちも考えてくれないんですね。こっちは、一緒に地獄へ墜ちる覚悟さえむだになって、どうしていいかわからなくなっているのに」

わずかな間に道は暗くなった。吹きやまぬ風は、さほど高くはない組屋敷の屋根から、おみねと晃之助めがけて吹きおろしてくる。かじかんでいるにちがいないおみねの素足を見て、晃之助は、「屋敷の中へ入れ」と言った。茶菓の用意をしたのだろう、くぐり戸から顔を出した皐月が、ちょうど話のとぎれたところと思ったらしく、遠慮がちに近づいてきた。

が、おみねは、大きくかぶりを振った。

「もう帰ります、わたし。とんだお邪魔をいたしました」

「いいのかえ」

躯(からだ)を暖めてゆかなくてもよいのかと言ったつもりだったが、おみねは勘違いをしたようだった。

「いいんです。生身の人間ですもの、多分いつまでも一人の男を思っちゃいられない。十年もたちゃ、もっといいひとを見つけて、幸せになっているかもしれません」

うしろには皐月がいた。ふりかえらなくとも、皐月は、気になることなど何もなかったような、穏やかな笑みを浮かべているにちがいなかった。

親心

煤竹売りの声が聞えた。

島中賢吾が足をとめてふりかえると、すぐうしろにいた供の小者も、立ちどまってあたりを見廻した。新両替町から尾張町へとつづく大通りを歩いていたところで、右へ行けば元数寄屋町、左へ行けば三十間堀の四つ辻で、だが、煤竹売りの姿はどこにもない。

新両替町は、昔、駿河の銀座を移したところであるという。銀座は今、日本橋蠣殻町へ移転して、地名だけが残っている。小間物問屋やら菓子屋やら、書肆、染物所などがならぶ人通りの多いところだった。商人は店で、職人は仕事場で働いている時刻だろうに、どこの誰がどんな用事で歩いているのかと、賢吾は時折不思議に思うことがある。

俺はお役目で歩いているのだがと苦笑して、賢吾は大通りを横切った。その姿が見えたのだろう。弓町の太兵衛が、尾張町の自身番屋からあらわれた。

尾張町も菓子屋、薬種問屋などが軒をつらねている賑やかな町で、角に亀屋という大きな呉服問屋がある。自身番屋と町木戸はその手前にあった。

「何があったのだえ」

太兵衛は、尾張町の通りを指さして答えた。

「そら、二丁目に布袋屋という糸物問屋がありましょう? あそこで糸を一巻き、懐へ押し込んだってんですが」

「万引じゃねえか」

「へえ。ただ、それがね、三十間堀七丁目に住んでいる建具職人の娘なんで」

「布袋屋の顔見知りで、どうぞご内聞にってのかえ」

「ま、その通りなんですが」

太兵衛は煮えきらない。

「実は、糸を懐へ押し込んだってのが、八つの子供なんでさ」

「八つ? それじゃ、懐へ押し込んだから盗みと言う方が間違いだろう」

子供が色糸を買ってきてくれと頼まれれば、似たような色のうち、どれを選べばよいのか迷う筈だ。あれかこれか、迷っているうちに小さな手では持ちきれなくなり、一つか二つを懐へ入れたということもある。

「それがね」

一気に話してくれればよいものを、太兵衛は事件の内容を小出しにする。

「銭(ぜに)を持っていなかったんで」

「落としたのじゃねえのか」

「手代も最初はそう思ったそうですがね」

太兵衛は溜息(ためいき)をついた。

「が、おあしを落としたのなら探しに行こうと手代が言うと、大声で泣き出したんだそうで」

「きれいな糸を見ているうちに欲しくなっちまったってえのか。八つの子供がそれで盗みを働くってのは、空恐しい話だな」

「それもその通りなんですが」

賢吾には娘と息子がいるが、太兵衛は男の子ばかりの三人の子持ちだった。今でこそ長男と次男が働いていて、女房は料理屋の女中頭になったとか、暮らしに不自由することはなくなったようだが、賢吾が出会った頃の太兵衛一家は、女房が料理屋からもらってくる残りもので飢えをしのいでいた。木戸番が売っている焼芋(やきいも)を伜達(せがれたち)がじっと眺めていて、通りがかりの男が見かねて買ってくれたということもあったそうだ。自身番屋で泣いている女の子が、他人のようには思えないのだろう。

布袋屋の手代も、女の子が建具職人の娘、おゆうと知らぬわけではなく、そんなことをしてはいけないと言って聞かせて、三十間堀の家へ連れて行こうとしたらしい。が、おゆうは、「いやだ」と軀をのけぞらせて泣き叫んだ。もてあました手代が、何とかしてくれと番屋へ駆け込んできたのだという。

「が、当番の大家が布袋屋へ行くと、素直についてきた。それなら、迷子になっていたのをその大家が見つけたことにして、家へ帰そうと言っているところへ旦那がみえなすったというわけでさ」

「それでいいじゃねえか」

「有難う存じやす。が、もし、かまわなければ、あっしが母親のおいねを呼んできやすから、おゆうは迷子になっていたのだと、旦那から言っていただきてえんで」

「なぜ」

「おいねがくりゃわかりやす」

太兵衛はそう言って、三十間堀七丁目へ走って行った。

岡っ引には、かつて罪を犯したことのある者も少なくない。若い頃の太兵衛も、手のつけられない暴れ者だったという。が、今の太兵衛に、その頃の面影はまったくなかった。飢えて焼芋を見つめていた二人の伜が、藪入りには鮨を買い、ためておいた給金を持ってたずねてくるのでは当然のことかもしれないが、背を丸めて走って行く姿だけは昔のままだった。

賢吾は番屋へ入った。泣き腫らした目をこぶしでこすりながら、八つにしては小柄な女の子が上がり口に腰をおろしていた。丈の合わぬ袖から出ている手も、土間に届かぬ足もか細くて、当番の差配も、あやした方がよいのか叱らなければいけないのか迷っていたようで、賢吾の姿を見ると、ほっとしたように蹲っていた土間から立ち上がった。

俺の娘なら殴りつけてやるのだが。

泣いているおゆうは、殴ればこわれてしまいそうに見える。

こんな子が盗みを働いたのかと思うと、背筋が寒くなった。

すぐに太兵衛が戻ってきた。おいねも一緒だった。頬をひきつらせたおいねは、裾の乱れるのもかまわずに、足の早い太兵衛におくれずに走ってきたらしい。おゆうの軀つきによく似た薄い肩で息をしていた。

「申訳ございません。ご面倒をおかけいたしました」

おいねは、賢吾にも太兵衛にも、当番の年寄りにも書役にも、深々と頭を下げて礼を言った。太兵衛の言葉から、賢吾は躾けの厳しい母親を想像していたのだが、おゆうとは正反対の細い目も仏像のように切長で、きつい感じはない。市中のどこを歩いていても、すぐに出会うような女だった。

が、その印象はたちまち変わった。「おっ母さんがきたよ。泣いていねえで、一緒に帰んな」と穏やかに言っている太兵衛を遮るように、おいねが声を張り上げたのである。

「迷子になるようなところまで、何をしに行ったというの。皆さんにご迷惑をおかけして。あやまりなさい」

おゆうはかぶりを振った。

「そうじゃないの。あたしは……」

「もう、あやまったんだよな」

太兵衛が急いで口をはさんだ。

「道を間違えて、帰れなくなっちまったんだよな。で、この小父さんに出会ってここへ連れてきてもらって、もう、お礼もお詫びもいっぱい言ったんだよな」

その通りだと言えと、太兵衛が賢吾に目配せをする。賢吾も急いで、太兵衛に背負わせて家へ連れて行けばよかったなどと言った。

「ちがうの。あたし、万引したの」

賢吾も太兵衛も言葉を失って、一瞬、静まりかえった番屋に平手打ちの音が響いた。おゆうの頰は見る間に赤く腫れ上がり、今度はその泣声が狭い番屋に響き渡った。

「どうして？　どうしておっ母さんは、あたしに怒るの？　お兄ちゃんには……」

「泣かないの。わるいことをすれば、叱られるのは当り前なんだから」

おいねは、おゆうを抱きしめた。母親らしいしぐさだったが、おゆうの口を塞いだようにも見えた。

「あの、勝手なことを申しますが、このことはどうぞご内聞に」

「ご内聞にするつもりだから、迷子ということにしてやったんじゃねえか」

太兵衛が言ったが、おいねは蒼白な顔で「くれぐれもご内聞に」と繰返した。

「こっちは、はじめっからそのつもりだと言ってるじゃねえか。こっちは誰も喋る心配はねえが、お前さんこそ、いつまでもがみがみ叱りなさんなよ」

おいねは顔をそむけてうなずいて、おゆうの手を強く引いた。おゆうは、転がるように土間へ降りた。おいねはあらためて頭を下げると、おゆうをひきずるようにして外へ出て行った。おゆうの泣声と、「泣くんじゃないの、みっともない」と叱りつけるおいねの声が聞えてきた。

太兵衛が八丁堀の屋敷へきたのは、それから二日後のことだった。夕暮れの七つ半過ぎ、奉行所から帰ってまもない時で、賢吾は風呂に入っていた。

幼い頃、賢吾と一緒に湯につかり、背を流してくれた娘の瑠璃は今、賢吾が入浴している間は湯殿に近づこうともしない。男の子の数馬でさえ、一人で入ると言うのである。淋しいような気もするが、その日は、晃之助の娘の八千代を終日遊ばせていたとかで、皐月からもらった菓子を膳にのせて賢吾の帰りを待っていた。

「うまそうだな」と心にもないことを言うと、姉弟で相談していたのか、一つを賢吾にくれて、残りの二つを姉弟と妻の宇乃の三人でわけた。「お父様はお疲れだから」と言う。子供らしい思いやりで、甘いものの苦手な賢吾には少々迷惑だったが、食べぬわけにはゆかない。湯につかっていると、舌に残っていた甘みが口の中にあふれてきた。

「どうも半端な時刻にまいりやして。申訳ございやせん」

膝を揃えて坐った太兵衛は、湯上がりに白湯を飲み、噴き出した汗をふいている賢吾を見て、こめかみのあたりをかきながら頭を下げた。

「実は、ちょいとご相談したいことがありやして」

「俺がのれる相談なら、いくらでものるよ」

「実は、その」

太兵衛は口ごもった。

「その、ご相談というよりご注進、いや、お詫びかもしれねえな」

「だから、何なんだよ」

「盗みを見逃しやした」

酒をはこんできたらしい妻の宇乃が、唐紙を開けたところだった。物音のしないところをみると、中へ入るのをためらっているのだろう。

「また子供か」

「へえ」

賢吾の声が穏やかだったので、宇乃もほっとしたのかもしれない。居間へ入ってきた気配がした。唐紙の向う側から、女中が、銚子や肴をのせた膳を渡している。

「いやな世の中になりゃがった」

「それがね、旦那」

こめかみをかきつづけている太兵衛の前に、宇乃が膳を置いた。いったんとまった太兵衛の手が、あらためて頭をかく。急いでととのえたのだろうが、膳には鮑のほかに、太兵衛の好物のうるめ鰯がのっていた。

「今度は、おいねの伜なんで」

太兵衛は、宇乃が居間を出て行くのを待って口を開いた。賢吾は、黙って銚子の酒を盃についだ。まだ残っているような気がする甘みを、早く消したかった。ほどよくからい酒が口の中を洗ってくれて、「お兄ちゃんには」と言いかけたおゆうの口を、抱きしめて塞いだおいねの姿が脳裡に浮かんだ。

「浜吉といいやして、こっちは十兵衛の実子だが、おいねとは生さぬ仲なんでさ」

「では、おゆうってえ娘は」

「おいねの連れ子です」

「そんなこたあ聞かなかったぜ」

「すみません」

二杯目の酒を一息に飲み干して、賢吾は太兵衛を見た。

「が、子供二人が盗みをしてるようじゃ、穏やかじゃねえな」

「仰言る通りです。しかも、浜吉の盗みは、今日がはじめてじゃなかった。浜吉が十一の餓鬼で、親父が頑固だが律儀な仕事をする十兵衛だってんで、どこの店も、ほんの出来心だろうと思っていたようで」

が、今日は、そこに太兵衛が居合わせた。たまには女房に安い簪の一本も買ってやろうと、恥ずかしいのを我慢して小間物屋へ入って行ったのだそうだ。

浜吉の姿は、すぐに目についた。毛筋立を手代に見せてもらっていたのである。男の子に櫛を買ってきてくれと頼む母親もいないではないだろうが、おいねが彼に頼む筈はない。浜吉が太兵衛に気づかなかったのを幸いに、そっと見ていると、やはり浜吉の手は素早く動いた。

「よくわからないから、もう一度おふくろに聞いてくると言って立ち上がったのを、番屋へしょっ引きやしたよ。あの手つきじゃ、今日がはじめてじゃねえと思いやしたから」

「それで」

「あっしが入ったのは、尾張町の裏通りにある小間物屋でしたが、浜吉をしょっ引いてから元数寄屋町、南鍋町から新両替町、弓町まで歩いてみやした。浜吉の野郎、瀬戸物、煙管など懐に入るものを盗もうとしただけじゃなく、蕎麦のただ食いまでしていやがった」

「それは、しくじった数だけだろう」

「いいえ、うまく盗んで家へ持って帰ったものをおいねが取り上げて、詫びにきたこともあるそうで」

「金を差し出して、どうぞご内聞に――か」

「へえ」

賢吾は、膝へ手をおいたままの太兵衛へ、盃を持つように言った。

「浜吉を帰してやって、おいねを見張るつもりかえ」

「へえ。浜吉が盗みをした時は真っ青な顔で駆けつけて、ひたすら詫びたあげく、浜吉の肩を抱くようにして帰るそうで。が、おゆうが盗みをしたとわかれば、あの通りだ。手前の子に邪険だとは近所でも噂になっていて、隣りの女房がおゆうを一晩あずかったこともあれば、大家が意見をしたこともある」

「なるほど」

太兵衛の狙いは、おいねのおゆうへの仕打ちを見張ることではないようだった。

「ま、飲みねえな」

太兵衛は、おしいただくような恰好をしてから盃を口へはこんだ。賢吾は唐紙をふりかえって宇乃を呼び、太兵衛に御用を頼んだと言った。

「とんでもねえ」

太兵衛は盃を置いてあとじさり、そんなつもりできたのではないと、怒ったような顔になった。御用であれば、同心がなにがしかの小遣いを渡す。太兵衛はおいねの行動が気がかりで、その探索にかかりきりになるのであれば、一言、賢吾に断っておいた方がよいだろうと考えたのだと言った。小遣いを渡されるのは心外であったらしい。

が、俺も迂闊だったと、賢吾は思った。太兵衛が京橋界隈で、吉次とは別の意味で顔がきくようになったのも女房のおさとという支えがあったからで、そのことにもっと早く気づくべきだった。

「俺も、おいねってえ女は気になっていたのさ。しばらくお前にひっついていてもらいたいと思っていたのだが、顔見知りのお前がいやがるのじゃねえかと思ってね。ひきうけてくれるなら、立派なご用だ」

宇乃が懐紙にくるんで持ってきた金に、太兵衛はまたかぶりを振ったが、「手前一人のお役目だと思っているのか」という一言で、やっと懐へ入れた。

歩いて帰るからと、酒もほどのよいところで切り上げた太兵衛を、居間の敷居際まで見送ってやって、賢吾は、手あぶりのそばへ戻った。渡してやった金を、太兵衛は間違いなく見張りのために遣うだろう。が、それでもいい。女房のおさとが太兵衛の財布へそっと入れてくれたにちがいない金は、太兵衛が女房のために遣えるのである。

「熱いのをお持ちいたしましたが」

宇乃が、銚子を持って入ってきた。子供達は風呂へ入る支度をしているという。

賢吾は、宇乃がついでくれた酒を、ゆっくりと口に含んだ。甘辛両党の森口慶次郎は、一升三百三十二文という上等の酒を好んで飲むらしいが、賢吾はむしろ、二百六十文くらいのものがいい。

つい先刻まで口中に残っていた甘みは、すっかり消えた。風呂には弟の数馬が先に入るようで、父親も自分と同じように菓子が好きだと信じている娘の瑠璃に、今度は自分の菓子をあげると約束していた。

太兵衛の使っている下っ引が竹川町の路地で賢吾を待っていたのは、それからさらに五日後のことだった。風呂敷包から注連縄やゆずり葉がはみ出している人を何人も見かけ、そういえば今日は、芝神明宮の年の市だったと思い出していたところであった。

下っ引は、山下町へ大急ぎでいらしておくんなさいと囁いて、勢いよく路地を飛び出して行った。

賢吾も、急いで路地を出た。山下町へ行くには、少し後戻りをしなければならない。

定町廻りは背にあかぎれがきれるようになってはじめて一人前と言われるが、雲一つなく晴れ上がっていると、背に汗がにじんでくる。

南鍋町まできたところで、供の小者には待っているように言いつけた。太兵衛は、ひそかにおいねを見張っているにちがいなく、それには御用箱をかついだ小者の姿は目立ち過ぎる。

太兵衛は、助惣焼の看板の陰にいた。助惣焼は麴町の橘屋が売り出した菓子で、もとは安価なものであったらしいが、近頃のそれは、かつてのものと味がちがうという。小豆を煮ているにおいが、表にまで漂っていた。顔をしかめた賢吾に、太兵衛は、目を動かして見張っている者の位置を知らせた。おいねが、蠟燭問屋の前に立っていた。

「中に誰かいるのか」

「蠟燭問屋の中じゃありやせん。すぐ先の横丁にある八百屋へ、伜の方が入って行きやした」

「娘は」

「隣りのうちで遊んでいやす。下っ引を一人、はりつけておきやした」

「てえことは、伜の盗みが心配で、おいねも伜のあとを尾けてきたってえわけか」

「いえ、はじめっから一緒でさ」

「まさか、倅の手伝いをしようってんじゃあるめえな」

「まさかとは思いやすが。が、倅は、昨日も菓子を盗もうとして、店の主人につかまりやした。さすがに番屋へ突き出そうとしたんでしょう、衿首をつかんでひきずり出した時に、たまたまおいねが通りかかりやしてね。土下座してあやまって、倅をうちへ連れて帰りやした」

賢吾は、八百屋の方へあごをしゃくってみせた。浜吉らしい男の子が、横丁から飛び出してきたのである。浜吉はおいねの袂をつかみ、何事かを確かめるような目でおいねを見上げると、また横丁へ戻って行った。

おいねは、俯きがちに歩き出した。賢吾と太兵衛は、助惣焼の店へ飛び込んだ。おいねは、二人に気づいていないようすで店の前を通り過ぎた。

袂は、重そうにふくれている。太兵衛が賢吾に目で合図をして、甘い香りの漂う店から出ようとしたが、賢吾はその袖を引いた。子供の足音が聞えたのだった。

足音の主は、やはり浜吉だった。浜吉は、無邪気そうな顔で助惣焼の店の前を走って行った。

賢吾は、店からそっと顔を出した。おいねは浜吉の肩を抱き寄せるようにして、尾張町へ向っていた。

賢吾は、太兵衛に目配せをして店を出た。太兵衛の気配がうしろについてきた。

おいねの袂は、両方ともふくらんでいる。浜吉は、歩きにくそうな顔をして時折おいねを見上げるが、おいねは何を考えているのか、視線を足許へ落として目を合わせようともしない。浜吉が見上げていることに、気づいていないのかもしれなかった。

太兵衛が、わざと草履の音をたてた。それでも、おいねはふりかえろうとしない。太兵衛の足音にすら、気づかないようだった。賢吾は足を早めた。気づかぬわけはないのに、おいねはふりかえらない。ふりかえろうとした浜吉を、強く抱き寄せて動けぬようにしたとも見える。「おい」と声をかけて、賢吾はおいねの肩に手を置いた。

おいねの足がとまった。薄い肩は、手を置いた時から小刻みに震えていたが、なお激しく震え出し、歯の根の合わぬ音が聞えて膝から地面へ崩れ落ちた。

片方の袖から慈姑がこぼれ落ち、もう一方の袖からは、絵草紙の表紙がのぞいた。が、おいねは俯いたまま、肩に手をおいた者を見ようともしなかった。うしろから賢吾と太兵衛が歩いてくることも、助惣焼の店に二人がひそんでいたことも、知っていたにちがいなかった。

十兵衛は、芝口まで仕事に出かけているという。雨戸と大戸を暮れのうちに新しくしてくれと頼まれたのだとか、仕事の邪魔をすることになるがと言いながら、賢吾は太兵衛を使いに走らせた。おゆうが遊んでいる隣家へは、しばらくあずかっていてくれと番屋の当番が頼みに行った。

尾張町一丁目の番屋であった。おいねは、土間に浜吉を抱いて坐り、とまらぬ涙を拭っていた。「みんな、わたしがわるいんです」という言葉を、小半刻ほどの間に賢吾は幾度聞いただろうか。

「まったくだ。盗みはわるいことだと教えるどころか、手伝ってやる母親がどこにいる。浜吉を生んだ親が、あの世で泣いているぜ」

「それを仰言らないで下さいまし」

おいねは、握りしめていた袖を顔に当てた。

「みんな、わたしがわるいんです」

「それはもう、わかったよ。が、それならなぜ盗みを手伝った」

「やめさせたかったんです。でも、わたしのせいでこの子が盗みをするようになっちまって。――だから、みんな、わたしがわるいんです」

「だからよ。お前がどうわるくて、こいつが盗みをするようになったのか、順に話を聞かせてくんな」

「その前に、この子をうちへ帰してやって下さいまし」

「甘ったれるんじゃねえ」

浜吉が、おいねの手を振りほどいて立ち上がった。逃げようとしたらしい。腰高障子の外にが、目の前には賢吾がいて、出入口には当番の一人が蹲っていた。当番の老人達がは、出入りがしにくいように梯子のようなものが横に置かれている。将棋をさし、茶飲み話をしているところと思われがちな自身番屋の意外なもののしさに、盗みを繰返していたあくたれも驚かされたのだろう。逃げ出す筈の足が動かなくなったようで、当番の一人が浜吉の肩を押えて坐らせようとすると、悲鳴をあげて生さぬ仲の母親にすがりついた。

「ごめんよ。おっ母さんがわるかった。お父つぁんがきなすったら、一緒に帰れるようにしてもらうからね」

だが、その継母の背をこぶしで叩いて、ばか――と、浜吉は泣き叫ぶ。

「お前がばかだから、こういう目にあうんだよ」

「そうだね。勘弁しておくれよ」

「ばかやろう」

たまりかねて、賢吾は大声を出した。十兵衛一家のようすが目に見えてきたような気がした。

十兵衛の前の女房も、おいねの前の亭主も、幼い子供を残して他界してしまったにちがいない。あとに残された亭主の方は子供の世話に悩み、女房の方は子供と暮らす金に困る。おそらく、十兵衛とおいねの双方を知っている世話好きな人間が、一緒になってはどうかと話をもちかけたのだろう。十兵衛は頑固だが律儀な職人で、おいねは気のいい働き者と言われれば、双方に断る理由はない。十兵衛は、浜吉の世話をしてもらえるならばと答え、おいねも、おゆうにひもじい思いをさせずにすむとほっとした筈だ。

が、浜吉は、新しい母親になつかなかった。ことによると浜吉を生んだ母親は、おいねより美しく、おっとりと品のよい女であったのかもしれない。その上、早く死んでしまったことで、彼女の美しさや品のよさは、浜吉の中で増幅された。母親といえば天女のような姿を思い描く浜吉の前に或る日、おいねがあらわれる。お前のおっ母さんだと十兵衛に言われ、浜吉は胸のうちで呟いたことだろう。

こんな女、おっ母さんじゃない。

おいねには、浜吉の呟きが聞えたにちがいない。聞えても、おいねは浜吉の母親にならねばならなかった。それも、よい母親にならねばならなかった。幼いおゆうをかかえて途方に暮れていたおいねを、貧乏のどん底まで行かぬうちに救い出してくれたのは、腕のよい職人の十兵衛だったからである。

「その通りでございます」

と、おいねは言った。

浜吉は、賢吾の指図で番屋の隅へ連れて行かれ、おいねにしがみついてはいない。そのかわり、思い出したように時折大きくなる泣声が、「またはじまるのかえ」という書役の声と一緒に聞えてくる。

「十兵衛と所帯をもちました時、おゆうは五つでございましたが、新しいお父つぁんは恩人だから、大事にしなければいけないと教えました」

「無茶だぜ」

五つの子供は、ただの父親が欲しかったにちがいない。が、それもわかっていたとおいねは言った。

「わたしは、おとくさん――十兵衛の前の女房の名前でございます、おとくさんの残した子供を立派に育てなければならない。それが、おゆうを飢えから救ってくれた十兵衛への恩返しでもあり、十兵衛をわたしにゆずってくれたおとくさんへの御礼でございます。わたしから生れたおゆうなら、そのことも、わかってくれた筈でございます」

無茶だぜ。

賢吾はもう一度言った。わけてくれれば黙って菓子を食べる賢吾を見て、父親は自分と同じと信じている瑠璃の笑い顔が目の前を通り過ぎ、八つにしては小柄だったおゆうの姿が通り過ぎた。

「それでも、浜吉はわたしになついてくれませんでした」

と、おいねが言った。

「おゆうより浜吉を大事にしているつもりでございましたが、浜吉には実の子のおゆうを可愛(かわい)がっていると思えたのかもしれません。おゆうの髪を引っ張るなどしていじめますし、大きな丼(どんぶり)を寝ているおゆうの上へ落とそうとしたこともございます」

「十兵衛には相談しなかったのか」

「いたしました。が、十兵衛は、鉋(かんな)や鑿(のみ)の扱い方はたくみでも、子供はどう扱ってよいのかわからぬ男でございました。妹に怪我(けが)をさせたらどうすると怒鳴るだけで、浜吉が泣けば、うるさいと怒ります。あとが大変でした」

浜吉の乱暴が、いっそうひどくなったのである。父親に告げ口をした、自分の身内である父親も、おゆうのかたをもったと思ったのだろう。

「やむをえませんでした。わたしは、おゆうをいじめることにいたしました」

「ばかな」

「ばかでございます。大ばかものでございます、わたしは」

おいねの声が震えた。

「誰が自分の娘をいじめたいものですか。正直に言えば、なついてくれない浜吉より、おゆうの方がどれほど可愛いことか。でも、これだけ可愛いのだから、わたしの気持もわかってくれるかと思い……」

おいねの言葉はそこで途切れ、しばらくして「しばらくお前をいじめるけど、勘弁しておくれと言って、おゆうを抱きしめました」という言葉がつづいた。おゆうは六つになっていたというが、そう言われて母親の豹変を理解できる年齢ではない。布袋屋で糸を盗もうとしたのは、異母兄と同じことをして、母を試してみたのではないか。異母兄と同じことをしても、母は、こわい母だった。「どうして？　どうしておっ母さんは、あたしに怒るの？」とは、おゆうの精いっぱいの抗議だったのだ。が、おいねはさらに思い違いをした。十兵衛が、内緒で浜吉に小遣いをあたえているのを見て、十兵衛も、おいねがおゆうばかりを可愛がっていると誤解しているのだ、そう思ってしまったのである。

「そうではないと、わかってもらいたいと思いました」

「また、おゆういじめか。可哀そうに」

「でも、わたしが浜吉を大事にしている、わたしが浜吉の方を可愛がっているとわかれば、そのかわりにあの人がおゆうを可愛がってくれる、そう思ったんでございます。おゆうにとってもその方がいい、おっ母さんにゃ内緒だよと言って、あの人がお小遣いをくれるようになったら、おゆうもどんなに幸せかと考えたのでございます」

「その思いが、十兵衛さんに通じたかえ」

おいねは、小さくかぶりを振った。

十兵衛という男にはまだ会っていないが、太兵衛の話から、おおよそは想像できる。十か十一で建具職人の弟子となり、一人前になった日を考えて、親方や兄弟子に追いまわされるつらさをひたすら辛抱していたにちがいない。十兵衛の頭の中にあったのは、仕事を早く覚えること、人よりいい仕事をすること、それだけだった筈だ。

そして、これも想像に過ぎないが、十兵衛の死んだ女房、おとくという女性も職人の娘だったのではないか。十兵衛の腕と人柄を見込んでおとくを嫁がせた父親なら、彼もまた仕事のほかは目が向かぬ男だったような気がする。腕のよい職人には、隣近所とのつきあいやら、流行りのものやら、自分がいらぬと思ったことには背を向けてしまうようなところがある。

父親を見て育ったおとくは、職人とはそういうものと思っていた。十兵衛の頑固も強情も我儘もすべて許し、子供をあやすとか、隣近所のつきあいとか、十兵衛の苦手とすることはすべて自分がひきうけて、仕事に専念できるようにしてやったにちがいない。家に帰れば手拭いと手桶が出され、湯屋から帰って長火鉢の前に坐れば、晩酌の酒と好みの肴が出てくる暮らしをつづけているうちに、十兵衛が、人の気持をあまり察することのできぬ男となってしまったとしてもむりはないだろう。

「十兵衛は、わたしがおゆうを叩いたりつねったりしていても、とめてくれませんでした。ほかには何の不平もございませんが、これだけは恨めしゅうございました」

が、おゆうを可愛がるわけにはゆかなかった。浜吉は、生みの母親だけが母親と思っていた。腹を痛めたおゆうは何があっても自分の子だが、浜吉には懸命に努めなければ母親となれない。

「でも、戸惑うばかりでございました」

と、おいねは言った。

おいねの前の亭主は瓦師だった。屋根に瓦を葺く職人である。腕がよく、人の仕事を貶すようなこともあったが、陽気で子煩悩な男だった。おいねの父親も亭主と同じような性格で、女房が風邪をひいて寝ていれば、水甕に黙って水を汲んでいってやるような男だった。

が、十兵衛は、家の中のことはからっきしだめだと言った。仕事をするほかは、何の取得もねえとも言った。実際、所帯をもってまもない頃のおいねが、気疲れで熱を出して寝込んだ時も、不機嫌な顔で仕事場へ出かけて行った。ほんとうに仕事以外は何も考えない男なのだと思ったが、そうではなかった。雨で仕事がなかった日の十兵衛は、黙って薬を取りに行ってくれたのである。十兵衛は、熱を出されたことに腹を立てたのではなく、仕事場で女房が心配になってしまう自分がいやだったらしい。

「お前にゃそうわかっても、子供のおゆうにゃわからねえぜ。お前に邪険にされ、十兵衛に知らぬ顔をされて、よくまあ根性のわるい子にならなかったものだ」

おいねは土間にうつぶせた。賢吾はおいねから目をそらせ、また泣き出した浜吉をふりかえった。書役が、「もういい加減にしろ」と叱りつけている。

番屋の腰高障子を眺めたが、太兵衛が戻ってくるようすはない。賢吾は、少し間をおいてからおいねに尋ねた。

「浜吉は、いつから盗みをするようになったのだ」

「今年の春からでございます」

　おいねは、蚊の鳴くような声で答えた。

「やっと、手習いに行ってくれるようになったところでございました。煙管を盗もうとしたと、お店の小僧さんが知らせにきてくれたのですが、信じられませんでした」

　浜吉は、真正面からおいねを見たことがない。上目遣いに見つめているか、横目で盗み見るかのどちらかで、そのあとは必ず荒れる。手跡指南所へ行くところであれば、指南所で食べる弁当を三和土へ放り投げるとか、手習草紙を引きちぎるとかして、おいねをあわてさせ、涙ぐませる。

　たまりかねて、おいねは十兵衛にもう一度相談をした。十兵衛は、おっ母さんに何てえことをすると、いきなり浜吉を殴りつけた。

　浜吉は目に涙をためていたが、黙っていた。が、父親が出かけると、父親に言いたかったことをおいねにぶつけてきた。

　おっ母さんなら、言いつけ口なんかしなかった。なのに、お父つぁんはおっ母さんのことを忘れて、お前を女房にしちまった。

「わたしは何も言えませんでした」

「お前、盗みのことは、まったく十兵衛に話さなかったのかえ」

「これだけは話しました。一度だけでございますけれども。煙管を盗もうとした時のことでございます」

十兵衛は、顔を真っ赤にして怒った。そこまで根性が腐ったのかと、たまたまそばにあった算盤で浜吉を殴り、角が額に当って血が流れだした。それでも十兵衛の怒りはおさまらず、手癖のわるい奴が俺の伜であるわけがねえ、出て行けと、浜吉を家の外へ押し出したという。

「わたしは、夢中で勝手口から浜吉を家の中へ入れました」

浜吉は、泣くのを忘れるほど父親の怒りのすさまじさに驚いていたが、おいねが傷の手当てをすると、「みんな、お前のせいだ」と言った。

「浜吉の言う通りでした。おとくさんからあずかった大事な子に傷をつけてしまいましたのは、わたしの軽はずみな告げ口のせいでございました」

「で、浜吉が盗みをしたと聞いてはあやまりに行き、娘のおゆうをいじめていたというわけか」

「自分勝手なことをいたしました」

賢吾の待っていた言葉が、やっとおいねの口から出た。

「浜吉を立派な子に育てたいというのも、他人の子を大事にしないのではという世間の目がこわかったからかもしれません。浜吉をいい子にしたいのじゃない。わたしが、いい母親になりたかったんです。浜吉が盗みをしたと聞いては駆けつけて、もう二度としてくれるなと、浜吉を抱いて泣いて頼んでいたのですもの、おゆうが、盗みをすればわたしにやさしくしてもらえると思ったのもむりはございませんでした」

「当り前だ。浜吉の手伝いをしていたなんざ、呆れたものだ」

「ご勘弁下さいまし」

おいねは、土間に額をすりつけた。

「やめると言ってくれたのでございます。そのかわり、一度だけ思う存分に盗みをさせてくれ、そう頼まれたのでございます」

盗んだものを懐や袖に入れれば、そこがふくらんでしまう。怪しまれて、懐の中にあるものを出してみろなどと言われては困るので、つづけて盗みをしたことはない。が、おいねが盗んだ品物を受け取ってくれれば、狙いをつけていた次の店へ入ることができる。次の次の店へ行くこともできる。一度だけ、存分にわるいことをしてみたい。思う存分やったあとは、品物を返しにも行くし、二度とわるいことはしない。指南所へ通って文字を覚え、来年からは十兵衛の言う通り、建具職人の弟子になる。

そう言われて、おいねの心はきまった。

「ばかな」

賢吾は舌打ちをした。が、おいねは、涙と土間の土に汚れた顔を上げて言った。

「浜吉が、建具職人の弟子になると言ってくれたのでございます。親として、これほど嬉しいことがございましょうか。――それに、おゆうも糸を盗もうといたしました。その気持もよくわかります。どんなに叱っても、おゆうはわたしに抱かれたい一心で、また盗みを働くでしょう。わたしは、二度と盗みをしないという浜吉を信じるよりほかはなかったのでございます」

「だから、ばかだってんだよ」

腰高障子が日暮れの風に鳴っていた。その向うに、太兵衛と十兵衛の気配がしたような気がした。

「おゆうは、まだ隣りのうちにいる筈だ。一度帰って、思いきり抱いてきな。その間に、お前と浜吉をどうするか考えておく」

おいねの痩せた軀が土間の上に崩れた。精も根も尽き果てたのか、礼を言おうとした軀を腕で支えることができなかったらしい。当番の大家が駆け寄ったが、抱き起こしたのは、障子を力まかせに開けて飛び込んできた十兵衛だった。

「すまねえ。俺あ、からっきし家の中のことはだめで」

賢吾は、あとから入ってきた太兵衛と顔を見合わせて笑った。十兵衛の「からっきし家の中のことはだめ」が、口癖だったそれと意味がちがっていることは、おいねを抱いたまま、「俺もおゆうを抱きに行ってやってよろしゅうござんしょうか」と言ったのでもよくわかった。

二人の気持を自分の方へひきつけようと思ったのか、浜吉の泣声がまた高くなった。

「ばかやろう」

と、十兵衛が言う。

「お前（めえ）は少しの間、そこで泣いていろ」

あとで、おゆうと一緒に抱いてやる。そうつづけるのではないかと思ったが、十兵衛は我が子へ情けなさそうな目を向けて、外へ出て行った。浜吉も、十兵衛とおいねに返してやるほかはないだろう。が、その前に、たっぷり叱言（こごと）を聞かせてやった方がよいにちがいなかった。

餅網売りの声が聞えてきた。餅を入れて台所の天井などから吊り下げておくための網で、小正月を過ぎた頃から売りにくる。

昔、餅網売りの声が聞えてくると、母はきまって「お正月はお終いだよ」と梅三郎に言った。「さあさあ、凧上げも独楽まわしもお終い。むずかしい字は読めるようになったのかえ。少しはうちで本を読む気になっておくれな」

遊んでばかりいては、いい商人になれないというのが母の口癖で、梅三郎は餅網売りの声に、また手習いに精を出し、お使いや出入口の掃除などを手伝う普段の暮らしに戻るのかと、溜息をついたものだった。

今、隣りの干鰯問屋からも、「お正月はお終い」の声が聞えてくる。よの字、まの字のお終いを反対側へ曲げてしまうくせに、独楽を持って表へ飛び出そうとした伜を母親が叱っているらしい。ちゃんと書けるようになったという腕白の言訳は無視されて、独楽は取り上げられたようだった。

昔の自分を見ているような気がした。本所相生町一丁目の味噌問屋、浅野屋の手代で、まもなく番頭となることがきまっている梅三郎も、かつては手跡指南所へ通うより路地裏を駆けまわっている方が好きな子供だった。隣家の伜とのちがいは、彼が泣き虫であるのに、梅三郎が遊び仲間を泣かしても自分は決して泣かなかったことと、もう一つは、隣家の伜が問屋の一人息子で、奉公に出されてもやがて自分の家へ戻ってくるのに、梅三郎が小売りの米屋の三男で、生涯のほとんどを他人の家で暮らさねばならぬことだろう。

自分を呼ぶ声に気づいて、味噌蔵の前に立っていた梅三郎は我に返った。小僧の乙吉が、店庭から内庭への戸口に立って手招きをしていた。

大番頭の達右衛門が呼んでいるという。今年の四月に生れ故郷の下野へ帰ることになっている達右衛門は、それまでにすべての間違いをただしてゆこうと考えているのか、去年や一昨年の帳面まで調べている。梅三郎は、自分がしでかした失敗を見つけられたのかと、青くなって店の中へ駆け込んだ。

それでどうなったのかと、同じ寝床の中にいるおいまが尋ねた。相生町二丁目で、小料理屋というより縄暖簾に近い店をいとなんでいる女で、今年、二十六になった。

このところ、うるさくてならない達右衛門への愚痴をこぼそうとしたのだが、梅三郎は急に面倒になって背を向けた。が、おいまは、「ねえ、どうしたのさ」と、梅三郎の軀を揺すった。

妻帯は、番頭となってから許される。一戸を構えるのを宿這入といい、店へはその家から通うのである。

梅三郎は明けて三十二、十二歳で浅野屋の小僧となり、十八歳で手代にと、浅野屋の親類筋でもないのに順調な出世をしてきたが、それでも手代から番頭までの道程は長かった。手代となって足かけ十五年、よく辛抱できたものだと思う。商家に奉公している誰もが同じ辛抱をしているのだからと、幾度、呪文のように唱えたことか。なのに世の中には、手代となってから二十年間は番頭となれないきまりの店もあるという。十八で手代となったとしても、三十八まで女房をもつことができず、一軒の家に住むこともできないのである。生涯の大半を、他人の家で過ごしてしまうことになるのだ。

浅野屋の寝部屋が目の前を通り過ぎた。

手代四人、小僧二人には決して狭い部屋ではなく、番頭の悪口を言ったり、主人の留守に夜鳴蕎麦を鍋で買ってきて皆で食べたりと、それなりに楽しいこともあった。

それに、手代は公然と吉原へ遊びに行ける。が、だからといって、毎夜のように店を脱け出すなどできはしない。吉原で遊んでよいことになっていても、やはり、身持ちのかたい者の方が主人にも番頭にも信用される。手代になったばかりの頃は、小僧二人と梅三郎の三人が広い部屋に寝ていたこともあったが、たいていの夜は、番頭に昇進できずに故郷へ帰って行った男の、すさまじい歯ぎしりに悩まされながら眠ったものだ。

「ねえ。それからどうなったのさ」

おいまは、まだ尋ねている。

おいまには、三年前、二十代の最後の年に出会った。いや、近くにある店なので、おいまの顔も、店で働いている板前や、その手伝いの男や女中の顔も知ってはいたのだが、当時の梅三郎は、おいまと板前が夫婦であると思い込んでいたのである。

が、掛け金を集めて戻ってくる途中、突然の雨に軒下へ飛び込んだ時、客も板前も女中もいない店の隅で、おいまは足つきの台の上に頬杖をついていた。のぞいたつもりではなかったのだが視線が合い、店の中へ招き入れられて、梅三郎は雨がこやみになるのを待った。すさまじい稲妻と雷鳴を聞きながら行末を考えていたというおいまが、一緒に店をやめるつもりらしい板前と女中の身勝手さを嘆きたくなったのは、当然のことだったかもしれない。

「なかなか見つからないんですよ、新しい板さんは。気のきいた人は、店を持っているか大きな料理屋で働いているかして、うちみたようなところへは、誰もきてくれやしない」

おいまは、界隈でも評判の美人だった。梅三郎は、なぜ板前がおいまではなく女中を選んだのか不思議であった。

以来、吉原へ行くようなふりをしては、蛇の目というこの縄暖簾の二階へ上がった。浅野屋の手代達が通う半籬にも、これほど美しい女はいなかったし、出される酒もわるくなかった。しばらくの間、自分は運がいいと梅三郎は思っていた。

だが、梅三郎が三十になった一昨年、おいまは二十四になった。去年のおいまは二十五で、三十一になった梅三郎には、十五も年齢がちがうお鶴という娘が思いを寄せてきた。春光堂という筆屋の娘だった。おいまも多少は金をためているようだが、春光堂は、暖簾分けをしてもらえるのなら費用の足りない分は何とかしようと言っている。梅三郎は、吉原へ通わなかったことを、今は後悔していた。

「大丈夫だったのかえ」

おいまの声が聞えた。

「大番頭さんに叱られずにすんだのかえ」

「わたしが、しくじったりするものか」

と答えたが、実は小半刻(こはんとき)近くも叱られた。三年ほど前から梅三郎はその年の取引の見込をたて、買い付ける量なども若い手代に指示するようになっていた。この取引を、今年は少し多めに見積り過ぎたのである。去年がほぼ見込通りだったので、今年はそれ以上にと意気込んだのだが、手堅い商売をつづけてきた浅野屋和兵衛や達右衛門には、調子にのっているとしか思えなかったらしい。

「よかった」

と、おいまが言った。

「ここでお前がしくじったら……」

さすがに口を閉じたが、あとにつづく言葉の見当はついた。番頭になれるとおいまに話した覚えはないが、達右衛門が故郷へ帰ることは、界隈の噂(うわさ)になっている。梅三郎が二人いる番頭の一人になることは、とうに察しているのだろう。おいまは、ここで梅三郎がしくじっては、三年も辛抱をした甲斐(かい)がないと言いたかったにちがいなかった。

梅三郎は、おいまから離れた。おいまの髪油のにおいが、梅三郎の顔のまわりにふと漂った。

「帰るのかえ」

どうしようかと思った。眠ると歯ぎしりをする手代は梅三郎より七つ年上だったが、浅野屋の番頭となることを諦めて故郷へ帰った。辛抱をしても、必ず望みが叶うわけではないことを、そろそろおいまに伝えなければならなかった。

「木戸が開いていればいいけれど」

梅三郎は、黙って着物の袖に手を通した。おいまも起き上がって、着物を着ているようだった。階下の裏口まで、見送りにくるつもりなのだろう。

梅三郎は、おいまをふりかえった。よほど真剣な顔をしていたのかもしれない。帯をしめていたおいまの手がとまった。

「おいまさん。わたしはこの四月に、番頭になるんだよ」

「知ってるよ」

予想した答えが返ってきた。おいまの頬が上気したように見えるのは、所帯をもとう、そのためにはこの店を閉めてくれと言われるものと思っているからかもしれなかった。

「わかってくれないか。わたしも、このままではいられない」

「わかってるつもりだけれど」

そこで口を閉じたおいまの顔色が変わった。「このままではいられない」という言葉の意味に気づいたようだった。

「誰と所帯をもつつもりなんだよ」

おいまは夜具を踏んで歩いてきて、梅三郎の前へまわった。

「はっきりお言いよ。え？　いったい、どこのどなた様と所帯をもつんだよ」

「まだ、きまってはいない」

かぶりを振って答えたが、おいまは納得しなかった。

「わかった。八百屋のおあさだろう」

そういえば、おあさと親密なつきあいをしていた時期もあったと梅三郎は思った。あれは、梅三郎が二十五になった時だった。当時のおあさはまだ十六、愛くるしい顔立ちで、隣りの干鰯問屋の手代も二丁目の醬油酢問屋の手代も、番頭になるまで待っていてくれと頼んでいたらしい。

そのおあさが、梅三郎さんならいつまでも待つと言ってくれたのである。嬉しくないわけがない。あの頃は、八百屋のおあさは自分のものだと自慢したくなる気持を抑えるのに苦労したものだった。

が、一年もたつと、おあさが重荷になってきた。おあさは、従順な娘だった。いつ番頭になれるのかなどと、催促がましいことはいっさい言わぬという梅三郎との約束を、忠実に守っていた。翌年、梅三郎より八つ年上だった干鰯問屋の手代が三十四でようやく番頭となった時も、醤油酢問屋の番頭が急逝し、言い寄っていた手代が三十そこそこで昇進した時も、まったくそのことに触れようとしなかった。

一言くらい、世間話のようにして言ってくれた方が気楽なのにと梅三郎は思った。身勝手な言い分であることは、よくわかっていた。それでも、梅三郎はさりげなく水を向けた。おあさは、可愛い顔で笑って何も言わなかった。梅三郎を待つときめたおあさにとって、干鰯問屋や醤油酢問屋の手代の昇進など、どうでもよいことだったのかもしれなかった。

なのにおあさに会うと、その顔に「梅三郎さんはまだ？」と書いてあるような気がした。干鰯問屋の手代はともかく、あの醤油酢問屋の手代からの話まで断ったのですからねと無言のうちに言っているように思えた。

仕事がいそがしくなったと、梅三郎はおあさに言った。嘘ではなかった。手代になってしばらくすると、仕入れや売掛をまかされるようになる。主人や番頭の目が光っている中のことではあるが、油断はできなかった。主人や番頭が見ているので、大きな失敗は未然にふせいでもらえるが、それがつづけば、あいつはだめだという烙印を捺されてしまう。

梅三郎は、仕事に精を出した。達右衛門と一緒に信州へ行った時、あやうく追剝の手から逃れたことがあって、旅はむしろ嫌いだったが、豆の出来具合は自分からすすんで確かめに行った。今年は不作と判断し、早めに手をまわしておいたため、いつも通りに味噌をつくらせることができたと主人の和兵衛に褒められたこともある。反対に、今年は安く仕入れることができると読んで、その通りになったこともあった。だから、わたしは番頭になれた。そう思っても、間違いではないだろう。

「ねえ、はっきりお言いよ。おあさと一緒になる気なのかえ」

そういえば、おあさが嫁いだという話は耳にしていない。四年前、おあさが十九だった時に、父親と同業の八百屋から縁談がきていると言っていたが、おあさはそれを断ったのだろうか。梅三郎は、もうわたしを待っていないでくれと言った筈なのだが。

「薄情だねえ、お前も。おあさの具合がよくないことを知らなかったのかえ。明日にどうこうということはないが、すぐに熱を出して寝込むとかで、あれだけあった嫁ぎ先もなくなってしまったと、おあさの親父さんがこぼしていなすったよ」

おあさの姿を見かけなくなった筈であった。

「ついこの間も、うちへきなすった親父さんが、実は言い交わした人がいたのだがと、溜息をついてなすった。約束通り娘をもらってくれとは言えなくなったってね。言い交わした人が誰かは言わなかったが、今、わかった。お前は、おあさが寝込むようになったので、わたしのところへきたのだろう」

「そうじゃない」

梅三郎は、大声で言った。

おあさは、父親と同業の八百屋へ嫁いでゆくものと思っていた。その方が幸せになると、梅三郎は信じていたのである。どこへ嫁いでも、従順でよい女房になるにちがいなかったが、浅野屋の番頭の女房には向かないと思ったのだ。

番頭になれば、取引の見込をたてるにしても、誰も手助けはしてくれない。主人の許しを得ずに話をすすめることはないが、主人が首をかしげるような見込をたてていては、番頭とはいえないだろう。お前さんにまかせると言われてこそ、番頭なのである。

浅野屋は、初代の和兵衛からかたい商売をつづけてきて、取引先もかたいと言われる商人ばかりだが、時には詐欺に近いような商売をする者がまぎれ込んでくる。達右衛門ですら一度、騙されたことがあった。長いつきあいの海産物問屋の紹介で新規の得意先ができたのだが、一年後、女房子供と奉公人を含めた六人が姿を消してしまったのである。二月分の売掛が、回収不能となったという。

海産物問屋が詫びにきて、達右衛門のしくじりではないということになったそうだが、梅三郎が番頭となってからも、同じようなことが起こらないともかぎらない。自分の家へ揉め事を持ち帰るつもりはないものの、相談相手が欲しくなることもあるだろう。おあさは何があったのかと尋ねてくれるような女ではないし、おあさの父親も、威勢はよいが相談相手としては物足りない。梅三郎との間に隙間ができてしまうのは、目に見えているのである。

が、おあさよりおいまの方がよいとは、一度も思ったことはない。女房になってくれと、おいまに言ったこともない筈だ。ただ、評判の美女が裏口の鍵をかけずに待っていてくれるのである。有頂天にならなかったとは言わないが、しいて言うならば、浅野屋の番頭の女房にはおあさを選ぶ。

「騙したんだね」

と、おいまが言った。心外な言葉だった。

「誰のお蔭で、ここまでこられたと思っているんだよ」

これも心外な言葉だった。豆の出来不出来は自分の目で確かめに行ったし、不作の年の手まわしも、買いたたけるとの判断も、すべて梅三郎がしたことで、おいまの指示をあおいだのではない。

「何を言ってるのさ」

と、おいまはわめいた。

「また信州へ行くことになった、今度は総州だとか何とか、うちへきては言っていたじゃないか。そのたびに、路銀の足しにお遣いなさいとお金を渡していたのは、どこのどなた様なんだよ」

梅三郎は口を閉じた。おいまに借りはつくるまいと、はじめのうちは差し出された金を受け取らなかったが、「遣ってもらいたいんだよ」とむりに渡されたあとは、その金を持って行かずにいられなくなった。

浅野屋から渡される金が少なかったからではない。路銀は多めに渡されていたが、そこはかたい商売でならした和兵衛と達右衛門だった。金の遣い道は、紙に書いて知らせなければならなかったのである。

「言っておくけど、わたしを捨てておあさなんぞと一緒になったら、浅野屋の店先で、金を返せとわめいてやる」

「おあさとは一緒にならないよ」

おいまは、美しい顔に青筋をたてて叫んだ。

「覚えておいで。浅野屋の姪っ子だの、大番頭の親戚だのと言ったって、わたしには何の義理もないのだからね。お前が一軒構えると聞いたらすぐ、店先で金返せだよ。忘れるんじゃないよ」

昨日までのおいまとは別人のようだった。梅三郎はおいまの青筋を見つめながら、今まで何のために生きてきたのだろうと思った。

六つの六月に手跡指南所へ通いはじめ、凧上げに走りたいのを我慢して文字を覚え、算盤の珠をはじいていたのは、そうしなければよい商人になれぬと母に言われていたからではなかったか。その後、十二歳で浅野屋へ奉公し、あかぎれとしもやけに悩まされながら働いてきたのは、手代となって嫌いな旅にもすすんで出かけていたのは、番頭になりたい一心からではなかったのか。

冗談じゃない。そう思った。六つの頃からの我慢や苦労を、ここで水の泡にさせられてたまるものか。

「わかったよ」

と、梅三郎は言った。

「金を返しゃいいんだろう」

　おいまの顔色が変わった。

「もう一度言ってご覧」

　言ってやろうと思ったが、舌があごに貼りついて動かなかった。

「言ってご覧よ、今の薄情なせりふを、さ。わたしゃ、おあさにも言いつけてやる。おあさに、元気だった頃のおあさに戻せと、そう駄々をこねろとたきつけてやる」

　泣きわめきながら、おいまは梅三郎にすがりついてきた。

「どうして？　どうして、わたしがおかみさんじゃいけないんだよ」

　自分は梅三郎に好かれていると、ずっと思い込んでいたにちがいない。が、梅三郎が宿這入をする時になって、そうではなかったのかもしれないとわかったのだ。動揺も大きいだろうし、胸のうちで口惜しさも煮えたぎっているだろう。

「いろいろ、しがらみがあるんだよ。おいまさんなら、わかってくれると思っていたんだが」

「虫がよ過ぎるよ」

「堪忍しておくれ」

　梅三郎は、胸からおいまを引き剝がした。しおらしい姿で泣いていたおいまはまた、金を返せ、きっと思い知らせてやると、自暴自棄な言葉を繰返した。

梅三郎は、耳を塞いで階段を駆け降りた。裏口の戸をそっと開けると、隣家の煙草屋から甲高い声が聞えてきた。赤ん坊が、餅を入れる網を口にくわえてしまったようだった。

「お恥ずかしゅうございますが、こういうわけでございます」

梅三郎は、お鶴の父の前に両手をついて頭を下げた。春光堂武左衛門は不機嫌な顔をして、すぐには返事をしなかった。覚悟の上でたずねてきたのだが、背につめたい汗が流れた。

「おいまは、五十両返せと言っております。いえ、そんな大金を渡された覚えはないのでございますが」

「当り前だ」

武左衛門がはじめて言った言葉だった。

「当り前だ」

武左衛門は、同じ言葉をもう一度繰返した。

「別れ話をきりだされて、少ない金額を口にする女がいるものか。持っている筈がないと思っても、大きな金額を言うものだ」

「その通りでございますが。まさか、ほんとうに店へ押しかけてくるとは思いませんでしたので」

「そういうことがあるから、奉公人の夜の遊びには、どこの店でもかなりの金を遣っているのだよ」

「わかっております」

「八百屋の定蔵さんやおあささんは、おとなしいお人だから何事もなくすんだものの、いくら女の方から寄ってくるとはいえ、考えが甘過ぎたと思わないかえ」

「いちいち、ごもっともでございます。私の考え方が甘うございました」

梅三郎は、畳に額をすりつけた。

これで幾度、頭を下げただろうかと思った。

苔むした岩なども置かれている、春光堂自慢の庭に面した部屋であった。その部屋へ、二階で客と商談をしていた武左衛門が入ってきた時に一度、おいまが起こした一件を話す前に一度、話している途中で一度、そして話し終えたあとと、たった今と、少なくとも五回は額に畳が触れている。お辞儀の安売りだと、梅三郎は思った。

安売りなどしたくはないが、春光堂武左衛門のほかに頼る者はいない。生家の米屋はすでに兄の代になっていて、嫂は、両親と四人の子供を食べさせるだけで精いっぱいだと、始終愚痴をこぼしているという。無事にやってはいるようだがねと、長兄のようすは次兄が知らせてくれた。その次兄は、商人を嫌って錦絵の彫師となった。仲間うちでは名の知られた存在のようだが、五十両もの金をすぐに用意できるほどの収入はない筈だった。

そんな身内のことを、梅三郎は、寝物語においまへ話してしまったらしい。あれから三日ほどたった日に、おいまは浅野屋へきた。金を返せと店の前でわめきこそしなかったが、大番頭に会いたいと言い、妙な騒ぎを起こされては困ると思ったらしい達右衛門が、自身で客間へ案内して行った。

のちに梅三郎がその客間へ呼ばれたが、話の内容は聞かなくてもわかっていた。が、おいまが返せと言った金額は、五十両だった。梅三郎にも兄さん二人にも、返せる額ではないから大番頭さんに頼むことにした、おいまは笑ってそう言ったという。おいまが用立ててくれた金は多めにみて五両、おそらくその倍額を返せと言うだろうが、それくらいならば十五年の間にためた金で返せるという梅三郎の見積りは、まったくはずれてしまったのだった。

達右衛門は、法外な金額は強請りになるとおいまを脅したそうだ。が、おいまは動じなかった。そちらが番屋へ訴えるなら、こちらは今すぐ店先でわめくというのである。捕物騒ぎの起こることを商家が何よりも嫌うと、おいまはよく承知しているようだった。

「五十両などという金は、うちだってそうそう用意できないよ」

武左衛門は、苦虫を噛みつぶしたような顔で言った。黙って、次の言葉を待っているよりほかはなかった。わかっていると言えば、春光堂には五十両の金もないと言っていることになるし、そこを何とかと頼むほど、武左衛門とは親しくない。

「達右衛門さんは、強請りになると脅しただけで、おいまを帰してしまったのかねえ」

「おいまが縄つきになってもよいと言ったそうでございますので」

「そんなことを言ってるんじゃないよ。おいまは五十両が欲しくって、返せと言いにきたのじゃない。お前さんへの、いやがらせできたんだよ。だったらお前さんを呼んで、おいまの気のすむまであやまらせて、三十両とか二十五両とか、お前さんが何とか払える金を包んで渡してしまえばよかったのさ」

「でも……」

「また、くると言ったんだろう?」

「今度くる時は、五十両に利息がつくよ。こういうことは、さっさとかたをつけなければだめなんだよ。達右衛門さんも、その辺のことがわからないのかねえ」

やがて岳父となる男がこれほどいやみな男だとは、梅三郎も思っていなかった。脳裡をおあさが通り過ぎ、これがありったけの金だと十一、二両の金を投げ出してくれたかもしれない、おあさの父親の姿が通り過ぎた。

「で、お前さんの手許には、いくらあるんだえ」

「四十両ほど」

「え？」

武左衛門は目を見張った。

「たった、それっぽっちかえ」

浅野屋さんがけちなのか、金遣いが荒いのかとは口の中で言ったようだが、はっきりと聞きとれた。

「しょうがない。お鶴を嫁がせると約束したお人が、今になって番頭になれないというのでは、わたしも困る。金はお貸し申そうよ」

「有難うございます」

ほっとしたが、武左衛門が懐紙の上にならべてくれたのは十五両だけだった。

「どうすればおいまの機嫌がなおるのか、少しは知恵を働かせておくれ。五十両渡してしまえばわけはないだろうが、それじゃ能がなさ過ぎる」

「はい」

「ただ、くれぐれもお願いするよ。番頭になる話は沙汰やみになりましたなんて、わたしに知らせにこないでおくれよ」

幾度も頭を下げたついでだった。梅三郎は、額で畳の感触をゆっくりと確かめてから春光堂を出た。何も知らないお鶴が出入口にあらわれて、母親のうしろに隠れながら見送ってくれたのが、唯一の救いだった。

ここへきて女でしくじるなとは、達右衛門も言った。言われないでも、決してしくじりたくなかった。

凧上げを我慢して、あかぎれの痛みをこらえて、おあさには心を動かし、おいまとは男女の仲となってしまったが、取引先の後家や、亭主が入聟で浮気の噂もある内儀からの誘惑を払いのけてきたのは、番頭になりたい一心からだった。番頭になって、自分の家で手足をのばしたいからだった。

取引先の後家は、義理の弟を後見人にして芝居だ呉服屋だと遊びまわっていて、店を入聟にまかせきっている内儀は、おいまにまさるとも劣らぬ美しい女であった。それでも二人の誘惑にはあっさりとかぶりを振ることができて、おいまの囁きに有頂天となったのは、おいまなら何の問題もないとどこかで考えていたのではないか。

その、おいまでつまずいた。

おいまのことは和兵衛にも言わぬと達右衛門は約束してくれたが、障子を閉めた客間で半刻あまりも話し合っていたのだ。おいまの店で浅野屋の味噌を使いたいという相談でなかったことは、和兵衛にも内儀にも容易に想像がつくだろう。

知恵を働かせろと武左衛門は言ったが、どうすれば穏やかに事はおさまるのか。おいまが静かにひきさがってくれるのなら、番頭となれる日のため、懸命にたくわえた四十両に武左衛門が貸してくれた十五両を足し、五十五両にして渡してやってもいい。五十五両を渡して、これで勘弁してくれと土下座してもいい。

勘弁ならないと、おいまは梅三郎を足蹴にするかもしれない。足蹴にして、「わたしは騙された」と泣きわめくかもしれない。それでも、梅三郎はじっと我慢する。足蹴にされ、泣きわめかれるのが、おいまの店でのことならば。

汚れた着物は、洗い張りに出せばいい。掌や膝をすりむくかもしれないが、そんなものは五日もすれば癒るだろう。こざっぱりとした着物を着て、擦傷の癒えた膝をそろえ、手をついて、下野へ帰る達右衛門を送り出し、梅三郎は番頭となる。

それが一番よいかもしれないと、梅三郎は思った。

ならば早い方がいい。

が、二丁目へ行こうとした足がとまった。

あのおいまに土下座をするのか、このわたしが。女房にしたいとも、なってくれとも言った覚えがないのに、五十五両もの金を渡して、勘弁してくれとあやまるのか。

何のために？

自問自答するまでもなかった。番頭になるためだった。番頭になって、自分の家を持たせてもらって、自分の女房と自分の子供の顔を眺められるようになるためだった。

ふりかえってみれば、手跡指南所へ通うようになった六つの時から、番頭になること以外は何も考えていなかったような気がする。つてを頼って奉公することは、小売りの米屋の三男として生れた時にきまってしまったのだろうし、浅野屋に奉公してからの梅三郎に、ほかのことを考えろと言う方がむりだろう。

自分でも、両親の言いつけ通り、陰日向なく働いてきたと思う。そのお蔭で、この四月には手代の名である梅三郎を後輩にゆずり、番頭庄五郎となれるのだ。夢で母親に呼ばれて、飛び起きた名前だった。

だが、おいまが相生町二丁目から引っ越して行くわけがない。相生町四丁目の塩仲買問屋へは商売の話でしばしば出かけるし、四ツ目通りにある武家屋敷へも顔を出すことがある。おいまの店の前を、通らねばならないのである。

おいまは、「おや、番頭さん、ずいぶんとおいそがしそうですねえ」などと声をかけてきて、口許をゆるませるにちがいない。土下座してあやまったことを、忘れさせてもらえないのだ。遠廻りをすればよいのだが、それでは供の小僧が妙な顔をする。

「一生、土下座がついてまわるのか、わたしには」

夫婦約束をしたわけでもない女を前にして、地面に膝をつき両手をついてあやまる必要がどこにある？　土下座しなければならないのは、番頭になりたいからではないか。番頭となるにはおかしな騒ぎを起こしてはならないと、そう思い込んでいるからではないか。

一生、手代でもいい。そう考えたらどうなるのか。一生、手代でも、飢えて死ぬことはない。そう思えば、おいまに詫びることもなく、土下座につきまとわれることもない。

「番頭になったところで、死ぬまでいい思いができるというものでもないし」

女に好かれる容貌の持主ではなかった達右衛門は、ようやく迎えた女房に早死にされ、そのあとは独り身を通した。子供もいず、家へ帰ってもつめたい夜具の中へもぐり込むだけだからと、しばしば手代達の部屋に泊まっていった。

浅野屋を辞める時には下野の甥が迎えにきてくれて、物見遊山の気分で帰るのだと言っていたが、浅野屋へ十一で奉公にきて三十四年、それこそ陰日向なく働いて得た結果が甥の家の居候なのである。確かに、これまでためた金と辞める時に浅野屋から渡される金とで、暮らしに不自由することはないだろう。農夫だという甥に田圃を買いあたえてやって、晴耕雨読どころか、晴れの日も雨の日も本を読んで暮らせるかもしれない。が、人間五十年、達右衛門はあと何年、悠々と暮らせるのだろう。

「でも――。わたしは、まだ働かなくてはならない。働かなくては、晴耕雨読の暮らしは手に入らない」

お鶴は、肉づきのよい、笑い声の大きな娘だった。達右衛門の女房のように、子供も生まぬうちに他界してしまうようなことはないかもしれない。が、子供が生れれば生れたで、むずかしい商談に眉根を寄せて帰る夜も、その泣声に悩まされる。

和兵衛の遠縁に当る手代より、梅三郎の方が役に立つと達右衛門が言ってくれたのは、四月には大番頭となる男に、多少優柔不断なところがあるからだった。和兵衛の遠縁の手代は、内儀や娘は無論のこと、浅野屋の女中や小僧にまで好かれている。八方によかれと気を遣うせいで、達右衛門に言わせれば、あちらを立てればこちらがと、優柔不断のもとになってしまう。梅三郎のあとで番頭にしても遅くはないという意見に和兵衛がうなずいて、梅三郎の昇進がきまったのだった。

それゆえ梅三郎の庄五郎は、いつも浅野屋へ目を向けていなければならない。疲れはてて自分の家へ帰って、手足を思いきりのばして寝ても、目が覚めればまた、味噌の商売で頭を埋めてしまわなければならないのである。

そして四十を過ぎた頃から隠居の話が出て、手代達の目が、早く辞めてくれぬかと光り出す。居心地のわるさに、梅三郎の庄五郎も、暖簾分けをしてもらえぬだろうかと、目にいやな光をたたえて和兵衛を見るようになる。暖簾分けをしてもらえれば有難いのだが、その時には力を貸すと言っていた春光堂は、額を畳にすりつけても十五両しか貸してくれぬ男だった。和兵衛が浅野屋をなのってもよいと言ってくれても、もとでが足りぬだろう。

やむをえず、どこかにこざっぱりとした家を借りて、お鶴と暮らす。子供達は、伜なら浅野屋か春光堂のつてで奉公していて、娘なら、やはり浅野屋か春光堂の世話で、身丈に合った人と所帯をもっている筈だ。

先は見えている。その見えている先に辿り着くために、おいまの意味ありげな笑いに下を向き、春光堂武左衛門のいやみを聞き流して働かねばならないのだ。

「番頭になったって、たかがしれているじゃないか」

おいまに土下座などすることはない。いやみを言われながら、春光堂からたった十五両を借りることはない。

おいまには、好きなだけわめかせるがいい。武左衛門には、十五両の金を叩っ返してやろう。

梅三郎は、踵を返した。返したが、すぐにその足はとまり、ためらったのちに、もう一度踵を返した。


気がつくと、大川端にいた。

波除けの百本杭を、夕暮れの青白い闇を吸い込んだ川の水が叩いている。先刻まで烏が鳴いていたが、今はその波音だけになった。

帰らなければと頭の隅で思うのだが、蹲った軀は立ち上がろうとしない。波の色が目に見えて暗くなっているのに、胸のうちは「なるようになれ」と、立ち上がらぬ軀に同調している。

人の気配がした。今頃こんなところを歩いているのは、武家屋敷ばかりの一劃から早く脱け出そうとしている餅網売りくらいだろうと思った。

が、「おい」と言う声がした。梅三郎を呼んでいるようだった。

追剝かと思った。さすがにこわくなったが、懐の十五両をくれてやれば、刃物を振りまわすこともあるまい。

おそるおそる顔を上げると、四十がらみと見える武家が立っていた。着流しで、煎餅が入っているらしい紙袋を下げているところを見ると、貧乏人が多い武士にしては、のんきな暮らしをしているのかもしれなかった。

「よかった。その顔つきなら大丈夫だろう。うしろから見た時は、身投げでもするのかと思ったよ」

「ご心配いただきまして、有難うございます」

梅三郎は苦笑した。百本杭を見つめている時に、ふっと、「飛び込んでみようかな」という考えが脳裡をよぎったのだ。

「何してるんだ、こんなところで」

呆れたことに、武家は梅三郎の隣りに蹲った。闇の色をさらに濃くした大川から、凍りつくような風が吹き上げてきた。

「寒——」

　武家は遠慮なく軀を震わせた。

「お武家様こそ、何をしていらっしゃいますので」

「俺か」

　武家は、手に持っている紙袋を振ってみせた。

「俺は根岸の寮番だが、相棒の爺さんに煎餅を買ってきてくれと頼まれてね。で、真っ直ぐ帰りゃいいものを、縁側で詰将棋ばかりでは軀がなまっちまうと思って、土手を歩きはじめたのさ。もう少し、もう少しと歩いているうちに、くたびれちまった」

　梅三郎は、低い声で笑った。笑ってから、相手が武家であることを思い出した。が、武家は、梅三郎の無礼を咎めなかった。

「そうやって蹲っているのも、くたびれはしねえかえ」

「くたびれます」

　梅三郎は、また少し笑った。

「ちょっと考えごとをしていたんです」

「どんな？」

「邯鄲の夢という話は、ご存じでいらっしゃいましょう？」

「知っているよ。盧生という若者が仕官をし、出世をして栄華をつくしたあげく八十余年でこの世を去った。が、それは、邯鄲という町にいた道士の枕を借りて眠った時の夢で、盧生が眠りに落ちる前に道士が炊いていた粟はまだ煮えていなかった。栄枯盛衰はかくもはかないというお話さ」

梅三郎は武家を見た。

「若いのにそんな夢を見てしまった盧生は、その後、どんな風に生きたんでしょうか」

武家も答えに詰まったようだった。

「先が見えてしまっても、働くほかはないような気がして」

「結構なことだ」

武家が笑った。

「道士の枕でも借りなけりゃ、先なんざ見えやしねえよ。世の中、一寸先は闇だ。その一寸先は、夜明けかもしれねえが。俺だって、酒問屋の寮番になるとは、ついこの間まで思っちゃいなかった」

「何になると思っておいでだったんです？」

「ただの隠居」

武家の笑い声が、暗くなった大川の上を渡って行った。

「娘に聟をもらってさ、孫の守りと詰将棋で一日を暮らすつもりだったのだがね。ま、孫の守りも詰将棋もできるようになったが、そばにいるのは、歯がわるいくせにかたい煎餅を買ってこいと言う爺さんだ」

「でも、面白そうでございますね」

「面白えさ。何が面白えって、その佐七ってえ爺さんをからかうくらい、面白えこたあねえ」

「有難うございました」

先に立ち上がった梅三郎は、武家が立つのを待って、着物の裾についていた砂埃を払った。

「舅となる人が、年齢をとったら鷹揚になるような気がしてきました」

「そうかえ」

「今よりもっと、けちになるかもしれませんけれど」

「覚悟しておくことだな」

武家の笑い声に梅三郎のそれが重なった。

すっかり日が落ちたというのに、「お払い扇箱」の声が聞えてくる。年始に使った扇の箱を買い集めているのだった。今年の正月も、もう遠くなった。

双六（すごろく）

八千代が眠ってしまうと、もう八丁堀の屋敷に用はない。晃之助と落着いて酒が飲めるのも、好物のねりきりを皐月のたててくれる茶であじわえるのもこれからだとわかっているのだが、慶次郎を相手に紙風船をついて、半刻近くもはしゃいでいた八千代が、夕食の支度を終えた皐月にまとわりつきはじめた頃から、酒もねりきりも、どうでもいいような気分になっていた。

根岸を出る時は、ひさしぶりに晃之助と話ができると思っていた。皐月の顔も見られると思っていた。が、玄関で案内を乞うた慶次郎に、「祖父じ」とまわらぬ舌が応えると、脳裡から晃之助も皐月も消えた。

「帰ろうかな」と言い出した慶次郎に、晃之助が苦笑いをした。強いてひきとめようとせず、自分も立ち上がって皐月に目配せをしたのは、根岸まで送るつもりなのだろう。如月なかば、日暮れたあとの風はつめたいが、星はすでにまたたいていて、やがて顔を出す月も明るい筈だ。とりとめのない話をしながら根岸まで行くのもわるくない。「お帰りが明日になってもよろしゅうございますが、夜を徹してお飲みになるのだけは、おやめ下さいまし」と、晃之助に釘をさす皐月の声が聞えた。

「わかっている」

晃之助の声が少し不機嫌になったのは、ひそかに朝まで飲み明かそうと思っていたからかもしれない。

慶次郎は低声で皐月に挨拶をして、一足先に屋敷を出た。先刻ちょっと顔を見せた島中賢吾の家から、飯炊きのものらしい声が聞えてきた。使いの帰りが遅くなった言訳をしているようだった。

「玄庵先生のお宅へお寄りになりますか」

慶次郎の胸のうちを察したように、あとから出てきた晃之助が言った。一月ぶりにきた八丁堀だった。根岸を出る時は、賢吾や庄野玄庵の顔も思い浮かべていたのだが、八千代と遊びはじめると予定が狂う。

「この次にしよう」

今頃、玄庵の家へ行けば、夕食はすませてきたと言っても「もう一度つきあえ」とむりやり部屋へ上げられる。玄庵の家で酔いつぶれることになりかねない。「早く帰ると言いなすったじゃないか」と、頬をふくらませて横を向く佐七が目に見えるようだった。

町木戸は、刻限をきめて閉めることになっているが、近頃ではまたその規則がゆるみ、開いているところが多かった。晃之助は、牢破りがあった時や重罪の者が逃げているとわかった時だけ閉めればよいと、すましたものだった。

その通りだと思った。慶次郎は昔、御用のために町家の二階を借り、木戸番の拍子木のうるささに驚いたことがある。定刻に木戸を閉めたあとも、やむをえない事情がある者には開けてやるのだが、その時に送り拍子木といって通った人数だけ拍子木を打ち、隣り町の木戸番に知らせるのである。その夜の通行人が特別に多かったのかどうか、二つ、一つ、また二つと、拍子木の音が静まりかえった町に始終鳴り響いていた。むやみに拍子木を打つなという触れが出たこともあるそうだが、確かにあの音では近所に住む者はたまらないだろう。

話が自身番屋や木戸番小屋から近頃の辰吉のことに移った時、ふいに晃之助が足をとめた。道はもう根岸に入っていて、貉が化けたと子供達が言う大きな月が、淡い藍色の空をのぼりはじめていた。

山口屋とその手前にある美濃屋の寮が、庭木と一緒に、夜の闇を月に洗い落とされて藍色となり、草叢と空の間に浮かび上がっている。慶次郎も、どちらかの門から出てきたにちがいない男の姿に気づいていた。

「美濃屋さんはお留守ですか」

「いや、近頃は寮番を置いているようだ。何をしていた男なのか見上げるような大男で、佐七がこわいと言っていたが、俺もこわい」

「ご冗談を。が、そんな大男がいるとすれば、年寄りの佐七つぁんの方が狙われる」

「奴を押込強盗と見たか」

「いえ、空巣ではないかと思いますが。大男の知り合いとか、佐七つぁんの昔馴染みとは思えませんので」

どちらからともなく、足が早くなった。

男の姿はまた消えている。晃之助の推測通り、美濃屋へしのび込んだものの寮番の体格に圧倒され、矛先を山口屋へ向けたのかもしれなかった。

「待て」

慶次郎は、走り出した晃之助の袖を引いた。山口屋のくぐり戸の、きしむ音が聞えたのだった。

寮の前を流れる小川は、美濃屋と山口屋の境あたりで川幅をひろげ、よどんでいる。飛び越えるのは晃之助でもむずかしいだろう。慶次郎は、咄嗟に向いの草叢へ飛び込んだ。晃之助も、あとからつづいてきた。

「どうなさったんですか。山口屋から出てくるのなら、お養父上のお知り合いかもしれないのに」

「しっ」

慶次郎は唇に指を当てて見せながら、「お知り合いもお知り合い、昔馴染みだよ」と言った。男はくぐり戸を出て、小川の石橋を渡りながら大きな吐息をついていた。

「駒次郎ってえんだ。空巣しかできねえ男だよ」

「養父上に会いにきたのではありませんか。会って小遣いをねだるとか」

「山口屋の寮へ移ったという知らせを出すほどの間柄じゃねえよ」

慶次郎は、そっと草叢から出た。駒次郎は寒そうに肩をすぼめ、俯きがちに下谷へ向っていた。

「一文なしの空きっ腹だぜ、あいつ」

「追ってみましょうか」

「待て」

慶次郎は、枯葉を髪につけてあらわれた晃之助を見て笑った。

おそらく、佐七はこの着物を洗い張りに出しもせず、思いきって捨てられもせずに行李の底に入れておいたのだろう。袖を鼻の先へ持っていっても古着屋の店先のようなにおいがするだけなのだが、何気なく軀を動かした時に、黴のにおいが漂ってくる。先刻、鼻緒のきれそうな藁草履が気になって身をかがめると、虫食いのあとがあった。

「まったく、うちの養父上ときたひには」

先刻、寮へ駆け込むなり「古着はないか」と佐七に言った。

「あったら、こいつに売ってやってくれ」

古着などいらぬと抗議する暇も、何をする気だと尋ねる暇もなかった。「あったような気がする」と口の中で呟いている佐七を引っ張って台所脇の小部屋へ行き、佐七が行李から出したらしい古着を晃之助の足許へ投げ出した。次は帯だった。居間の簞笥をかきまわして、自分の古い帯を探し出したのである。

姿を変えて駒次郎を追えと言っているのはわかったが、佐七は五十を過ぎている。慶次郎は、養父だった。佐七がその着物を数年前に古着屋で買ったとしても四十七、八、慶次郎の帯も、決して晃之助の年頃にしめていたものではない。しかも佐七の古着は、申訳ないが唐桟に似せた縦縞が野暮というほかはないものだった。野暮は我慢するとしても、蚤の棲家となっていたような気もする。

が、駒次郎は敲（たたき）、所払（ところばら）いなどを経験している男である。捕えられると、申訳ない、情けないと繰返し、必ず心をいれかえると約束して働き出すが、長つづきしたことがないという。ある意味では、最も手に負えない男だった。放っておけば、彼に一人暮らしの老人がなけなしの金を盗まれてしまうかもしれず、子供を三人かかえた母親が内職の金を盗まれてしまうかもしれない。晃之助は黙って佐七の着物に手を通した。

八丁堀風の髪は、慶次郎が不器用な手つきで結いなおしてくれた。晃之助は、刀を持って立ち上がった。

そのとたん、慶次郎が吹き出したのである。

「何でも似合うなあ」

まったく、もう。

舌打ちをすると、隣りを歩いていた駒次郎が怪訝（けげん）な顔をした。いつ、どこの家へしのび込んだのか、山口屋のくぐり戸から出てきた時は、持っていなかった風呂敷包（ふろしきづつみ）をかかえている。慶次郎の話では、空家を見つけてしのび込んだあとの駒次郎は、名人と言いたくなるほどの男らしい。金、或（あ）るいは金目のもののあるところへ一直線に歩いて行って、まったくむだな動きをしないのだそうだ。

「なまじそんな才能があるだけに、こつこつ働くのがばからしくなってくるのかもしれねえな。才能は煩悩の増長せるなりってえが、駒次郎のあれは持って生れたものさ。可哀そうに」

確かに、生れつき盗みの才能を持っていたならば、朝から日暮れまで働いて数百文の銭を稼ぐ行商など、していられなくなってしまうかもしれない。食欲、物欲が心を悩ます前に、軀が動いてしまうだろう。が、髪を結ってもらいながら慶次郎の話を聞いていたところでは、駒次郎は幾度も捕えられている。空巣に入ったものの盗んだものがにぎりめし三つであったとか、空巣に入る前に見咎められたとか、大番屋へ送るほどのこともないと解き放ちになったのを勘定に入れれば、十数度に及ぶのではあるまいか。

ということは、盗みの才能はあっても、その家が金持であるかどうか判断する力に欠けていることになる。空巣に入る前に見咎められたというのであれば、人目のあることも忘れて、その家の前をうろつくなど、迂闊な性分も持ち合わせていたのだろう。

自分の性分に気づくべきだったと晃之助は駒次郎のために惜しむ。まともに働く気になれないのは、盗みの才能にばかり目を向けていたからだろう。もっとも、持って生れた性分に気づくようであれば、迂闊とはいえないのだが。慶次郎は、「奴のことだ、まだこの辺をうろついているぜ」と言っていたが、その言葉通り、駒次郎は時雨岡の松の木を風除けにして蹲っていた。

「寒いねえ、ご浪人さん」

洟水をすすりあげながら駒次郎が言った。

「うむ。これでは、今年の花見は遅くなりそうだな」

「めしは食いなすったんだね」

駒次郎は、うらめしげな目で晃之助を見た。

「それでなけりゃ、そんなのんきなことが言えるわけはねえものな」

晃之助は少々うろたえた。

「夕、いや、昼めしは食った」

「どっちなんだよ」

「八つ半頃に食ったものだから。ま、昼めしだろうな」

今更ひもじそうな顔はできなかった。晃之助は、満腹だった。腹八分を心がけ、簡素な食事をとることにしているのだが、今日の夕めしは特別だった。慶次郎がきたので皐月が腕をふるったのだ。赤貝の酢味噌、冬から春にかけてうまい鯛の刺身、煮物は海老しんじょに独活をちらしたもの、それに、今夜は寒いからと熱い大根が味噌をかけて出された。花ごろもへ行ったようだと慶次郎は言ったが、晃之助も、賢吾に誘われて行った深川の料理屋を思い出していた。

その料理が駒次郎の脳裡に浮かんだわけではないだろうが、駒次郎は、「いいなあ」と溜息をついた。

「俺は、今朝から何も食ってねえ。どういうわけか、今日は食いそこねちまうんだ」

幾度か空家にしのび込んだものの、独り者の家でめしが炊いてなかったり、子沢山の家でお櫃が空だったりしたのだろう。

「ご浪人さんは、独り身かえ」

「うむ、まあ」

「俺も独り身なんだが」

「所帯を持ったことはないのか」

「そりゃね」

持ったことはあると言うつもりだったのかどうか、駒次郎はそこで口をつぐんだ。自身番屋に突き出されては、あまりにも情けない盗みに敲と所払いという処分をうけていたのでは、仮に所帯をもった女がいたとしても逃げ出すにちがいない。

「で、ご浪人さんは働いてなさる?」

そう尋ねたが、駒次郎は晃之助が答える前に、「働いていなさるよな、きっと」と呟いた。晃之助は、「傘を張るくらいのことはする」と答えた。

「そうだろうなあ。傘を張るなんてくたびれることをしているから、お天道様がめしを恵んでくれなさるんだよなあ」

独り言のようだった。晃之助は、黙っていた。

「俺も働きてえと思うことはあるんだけど」

「仕事なら世話をするぜ」

思わずそう言って、晃之助はじんわりと汗をかいた。駒次郎と一緒に歩き出してから、小半刻とたってはいない。が、彼の風呂敷包の中にあるものを彼に盗まれて、泣いているかもしれない人のいることを忘れはじめていたのだ。

吟味方はよく、戸締まりを厳重にせず、盗みの心を騒がせてしまう方もわるいという結着のつけ方をする。晃之助にも、殺された方より殺した方に、盗まれた方より盗んだ方に同情したくなった覚えがあるが、出入口の戸に鍵をかけずに隣りの家へ行って、つい長話をしていた隙に、やっとためた金を盗まれたのまで盗人のかたをもつことはないと思っていた。

が、俗にいう伝馬町牢屋敷のくさいめし、古米特有のにおいのあるめしを食べることはあっても、一生、鯛の刺身や風呂ふき大根には縁がないにちがいない駒次郎の姿を見ていると、吟味方の裁きもまるで的はずれではないように思えてくる。思えてくるが、やはり、的はずれと思っていた方がよいかもしれない。竹筒にためていた金を盗まれた方も、鯛の刺身に目をつむって、二文、三文と竹筒に銭を放り込んでいたかもしれないのだ。

「腹は空いていなさらねえかえ」

「空いていないこともないが」

「武家の痩我慢かえ。そんなもの、捨てちまいなよ。おっと、無礼な口のきようで申訳ねえが、年寄りだと思って勘弁しておくんなさいよ」

「なに、有難いと思って聞いているさ」

「よかった」

小柄な駒次郎が、長身の晃之助を見上げた。嬉しそうな顔だった。

「ご浪人さんは、信用できるお方のようだ」

晃之助は、思わず顔をそむけた。

「てれることはねえやね。ま、もう少し、辛抱をおしなせえ。夜鳴蕎麦くらい、おごって差し上げるよ」

根岸はとうに過ぎ、下谷坂本町から御切手町へ向っているところだった。駒次郎は、腹が空いて痛えくらいだと呟きながら足を早めた。浅草へ向うようだった。

月と星で明るい空に、寺院の屋根がくっきりと描かれるようになった。晃之助は、もしやと思った。

もうしばらく歩けば、浅草新堀に突き当たる。その手前、実相寺という寺院の角を右に折れ、武家地を通って今度は左に曲がると龍光寺の門前町へ出る。門前町には、いつ頃できたのかわからないと慶次郎も言っている古い岡場所があった。堂前と呼ばれていて、一度、慶次郎は手入れをしたことがあるという。駒次郎は、晃之助がもしやと思った通りに歩き、龍光寺の門前町で足をとめた。

「ご浪人さんの顔つきなら、女に不自由はしなさらねえだろうが、別に遊女屋へ上がろうってんじゃないよ。俺あ、女はもういい」

駒次郎はそう言って、遊女屋がならぶ路地の先を指さした。路地の入口の向うに、質店の看板があった。が、宵の口を過ぎ、そろそろ夜の四つになろうという時刻である。備後屋という看板を出しているその質店も、大戸をおろしている。

「大丈夫だよ。くぐり戸は開けっ放しだ」

と、駒次郎が言った。

「一切二百文だが、ことの勢いで泊ってゆきたくなる奴だっているじゃないか」

晃之助は苦笑した。吉原の大見世や中見世で遊ぶ金のない者が訪れる場所だった。勢いで泊りたくなっても、金が足りない者もいるだろう。着物や帯や腹掛など、万一流してしまってはもったいないもの、困るものを残して、すりきれた煙草入れや股引を質に入れ、金を工面する者もいるにちがいない。毎夜、賭場が開かれる旗本屋敷の近くにある質店も、袢纏まで入れにくる中間達のために夜通し戸を開けているが、それと同じことなのかもしれない。

「すまねえが、ご浪人さん、お前さんが備後屋の戸を叩いておくんなさい。俺は、何度も行っている馴染みなんで、ちょいと行きにくい」

「典物はあるのか」

「これで」

駒次郎が、風呂敷包を差し出した。結び目をとくと、蒔絵の鏡台があらわれた。

「親のかたみだよ。これだけは手放すまいと思っていたんだが」

山口屋の寮から時雨岡まで行く間には、美濃屋のそれのほかに二軒の寮がある。そのどちらかにしのび込んだものの、わるい方の性分が作用したのかもしれない。ほとんど使われていない寮へ入ってしまい、金を盗むことができなかったのだろう。そのかわり、寮に入ってからは盗みの才がものを言って、高価そうな鏡台を見つけてきたのだ。

「いいものだぜ。ちょっとした値でひきとってくれる筈だ」

「わかった」

晃之助は、手早く鏡台を包みなおした。

幾度か盗品を備後屋へ質入れしたことがあるのならば、備後屋も盗品と承知でひきとっているにちがいない。こちらも許せぬ男だが、今はいったん質入れするほかはない。質入れをしたあとで、鏡台を盗まれたとは知らぬ寮の持主を備後屋へ呼び、確かめさせるほかはない。

晃之助は、備後屋のくぐり戸に手をかけた。駒次郎の言った通り、錠はおろされていなかった。

くぐり戸の開く音を聞きつけたのだろう。まず小僧が顔を出し、小僧の呼ぶ声で、備後屋の主人が店にあらわれた。岡場所へも質店へも足を踏み入れたことはないが、この周辺は始終歩いている。顔を合わせたことがあるのではないかと思ったが、知らぬ顔だった。備後屋の主人も、晃之助が定町廻り同心であるとは、まったく気づかぬようすで腰をおろした。

が、風呂敷からあらわれた鏡台を見ると、「なかなかのものでございますな」と言ってあらためて晃之助を無遠慮に見た。盗品かもしれぬと疑っているようだった。

「母の、いや、祖母の嫁入り道具だ」

言わなくてもよい言訳をして、晃之助は額の汗を拭った。御用である、黙ってあずかっておくようにと言いたくなったが、言ってしまえば備後屋は、ほかにもあるにちがいない盗品を処分してしまう。蔵をあらためる時には、神田の熊吉兄哥や芝の寅太郎兄哥が入れた煙草入れや腹掛だけが残っていることになる。

「申訳ないことでございますが、わたしどもでは、おあずかりいたしかねます」

意外な答えが返ってきた。

「これは、ほかのお店にお持ち下さいませ」

「なぜ」

「これだけのものでございます。わたしどもには荷が重過ぎます」

「そんなことを言わず、頼むよ。俺は、朝から何も食ってないのだ」

ほんとうに朝から何も食べていないとしたならば、空きっ腹に備後屋の主人の言葉はどんな風に響くのか。

「頼む。頼むよ」

「お断りいたします。わたしどもでは、盗品はおあずかりいたしません」

「何だと」

「どうしてもお金に替えたいと思っておいでなのであれば、いつもの質屋さんへ、お持ちなさいまし」

備後屋は、晃之助のすりきれた草履から、自分で結ったと見えるにちがいない髷までを眺めて、うっすらと笑った。そこまで貧乏しているならば馴染みの質店くらいあるだろう、その質店へ行かず、なぜ備後屋へきたのか、馴染みの質店には行けぬ理由があるのではないかと言っているのだった。

もっともな言い分だが、ここで引き下がることはできない。

「無礼を申すな。落ちぶれはてても、武士の魂を捨てては居らぬぞ」

備後屋は、横を向いて薄笑いを浮かべた。

「他人のものに手を出したりはせぬ。が、近くの質店に、祖母の嫁入り道具まで手放すことになったのかと思われるのがいやなのだ」

見栄かもしれぬがとつづけているうちに、晃之助は、鏡台を質入れさせてもらえなければ今夜の食べものにも困るような気持になってきた。

隙間風の吹き込む家には、皐月がいる。食べものが手に入った時は、まず皐月に食べさせてきたが、それでも充分とはいえず、八千代を生んだ時の皐月は乳が出なかった。幸い同じ頃に子供を生んだ女が近所にいて、畳に額をすりつけるようにして貰い乳をしたものだ。が、女の家も決して裕福ではなく、二度三度と貰い乳を頼みに行くと、「うちの子のことも考えてくれ」と突き放された。

八千代は無事に育ったが、痩せこけている。風車一つ買ってやれず、近所の子供が持っていたそれに手を出して、その子にいやというほど叩かれた。頰に掌の跡の残っている八千代に、「お前がわるいのだ」と言い聞かせたが、ほんとうにわるいのは、武士の体面にこだわって収入のよい仕事につくことができぬ自分ではないのか。

晃之助は、太い息を吐いた。陋屋の皐月と八千代は、流星のように尾を引いて消えた。

八丁堀の屋敷にいる皐月は、乳を飲む八千代にもっと飲んでおくれと言ったほどだった。八千代もふっくらと太って、笑えば笑窪ができるし、手首は可愛くくくれている。おもちゃはいらぬと言っても慶次郎が買ってくるし、辰吉も賢吾の妻も持ってくる。先日は吉次までが、てれくさそうに袂から風車を出した。風車売りとすれちがったのでと言訳をしていたが、嬉しそうに受け取った八千代を見て、吉次もわずかだが口許をほころばせていた。

子供の笑顔は吉次の口許さえほころばせるのだと思ったが、その気分をあじわえぬ親がどれくらいいるのだろう。子供の笑顔見たさに他人のものに手を出してしまう者が、今までに何人いたことか。その人達を、あちこちからの附届で金にも物にも不自由しない晃之助や賢吾が追い、捕えて、定町廻り同心以上に暮らしには不自由のない吟味与力が取り調べに当るのだった。誰にも罪を犯させたくないと言っていた慶次郎の気持が、はじめてわかったような気がした。

が、晃之助はかぶりを振った。慶次郎の気持はわかったが、罪は罪だった。罪を見逃すことだけが、貧しさに負けた者を何不自由なく暮らしている者が捕えるという、割り切れぬきまりへの解決策ではない筈だった。

「頼む。見栄かもしれぬが、わたしは近所の質店へこの鏡台を持ち込みたくない。頼むから、典物としてあずかってくれ」

備後屋が晃之助へ視線を向けた。あごを突き出すようにしてうなずいたのは、信用できぬ男ではないだろうと思ってくれたのだろう。

「必ず請け出しにきて下さいますか」

「約束する」

今夜にでも、駒次郎がしのび込んだ寮の持主をたずね、その家の者を連れて請け出しにくる。その時に、今、受け取ることになる金も返す。もっとも、その寮の持主は、鏡台が盗まれたくらいで質店へ行き、そのあとも奉行所へ呼び出されるのをいやがって、盗みはなかったことにしてくれと言うかもしれないが。

「では」

備後屋は晃之助から鏡台を受け取って、金箱へ手をのばした。ふたたび貧乏浪人のような気分になった時だった。

「待ってくれ」

悲鳴のような声を上げて、黒い影が飛び込んできた。

「待ってくれ。俺あ、質入れはしねえ」

駒次郎だった。

「返してくれ、備後屋さん。それは質入れしねえ」

「お前（めえ）のものだったのかえ、駒次郎さん。それなら、お前さんがくりゃあいいに。お前さんのものなら流しゃしないよ」

「ちがう。俺のものじゃねえ。だから、質入れをやめたんだ」

駒次郎が晃之助を見た。見返した晃之助の目が鋭くなっていたのかもしれなかった。駒次郎は、「やっぱりね」と呟いた。

「お前さん――いや、旦那が声をかけてきなすった時から、妙だとは思っていたんだが。でも、もし、ほんとうに腹が空いていたら気の毒だと思ってさ。空きっ腹のつらさは、よく知ってるから」

これ以上、定町廻り同心であることを隠す必要はないようだった。

「それにしても、そんなに汚ねえ古着を着るなんざ旦那も手のこんだことをしなさるね。ま、自訴する手間ははぶけたが」

備後屋が坐ったままあとじさりしていた。蔵への出入口らしい暖簾の下で立ち上がると、着物の裾を踏んで体勢をくずしながら走り出す。蔵へ逃げ込んで、あずかっている盗品を片端から放り出すつもりなのかもしれなかった。

晃之助は、駒次郎と向い合った。自訴する気になったこの男を、空巣という彼の身についてしまった〝仕事〟から救い出す方が先だった。

「もう四十をすぎやした」

と、駒次郎は言った。

「今年で四十二でさ。忘れもしやせん、はじめて空巣に入ったのが十二の時ですから三十年、小伝馬町にいた時のほかは、これでめしを食ってきやした」

夜鳴蕎麦を食べて駒次郎の腹の虫をごまかし、足音だけの根岸の夜道を、山口屋の寮へ向っている。八丁堀の屋敷へ行くことも考えたのだが、駒次郎にとっては生れてはじめてにちがいない上等の酒を、気軽に飲ませてやりたかった。うまい料理なら皐月だが、この男を楽な気分にさせるのは慶次郎だろう。満月には二日ほど欠ける大きな月がのぼって、足許の小石までよく見えるほど明るい。

「それで伝馬町へ送られたのは、たった二度か」

「旦那の前ですがね」

駒次郎は、口許だけで笑った。

「俺は、一両という金を盗んだことがねえんでさ。せいぜいが二分、それ以上の金があっても置いてきやす。そりゃね、質屋へ持ってゆくものは多少値の張るものを選びますが、それだって今夜の鏡台のように立派なものはめずらしい」

「金持なら、それくらい盗まれても騒がないからな」

「その通りで」

盗みに入られた者は、奉行所へ一人で出頭しない。必ず、数人の付き添いがついてくる。その上、付き添いをもてなすことがきまりのようになっているらしい。その金で、盗まれた道具くらいは買えるのである。商売に熱心な者達が、訴えて出ようとしないのは当り前だった。これが、駒次郎のような男達が、なかなか足を洗えない理由の一つかもしれなかった。

「また、俺がね、金のあるところを見つけるのがうまいんでさ」

「親父（おやじ）から聞いたよ」

「親父様って、どなたですえ」

「森口慶次郎」

「まさか」

駒次郎は、あらためて晃之助を見た。

「森口の旦那に息子さんはいなさらなかった筈だし、お嬢様も、早くにお逝（ゆ）きなすったってえ話だが」

「知ってたのか」

と、晃之助は言った。駒次郎は、独り言のように呟いた。

「何不自由のねえ暮らしをしてなすっても、仏と言われるようなお方でも、人の寿命だけはどうにもならねえんだと、なんだかお気の毒になったものでさ」

「そうか」

今の言葉を慶次郎が聞いたなら、苦笑いをするだろう。いや、それよりも、もし八千代が攫われて無残な姿で見つかったとしたら、自分は耐えられるだろうか。

答えはすぐに出た。

「耐えられぬ」

晃之助は、役目を忘れて八千代の命を奪った者を探すにちがいなかった。寝ることも食べることも考えず、阿修羅のような姿で、ただひたすら八千代の敵を探す筈であった。見つけ出した時は、斬る。敵の男に八千代のような可愛い娘がいようと、皐月のように貞淑な妻がいようと、容赦なく斬り捨てる。

「白状するとね、俺は、森口の旦那のところからも、二分ばかりいただいたことがあるんで」

「内緒でか」

「当り前でしょうが」

駒次郎は、晃之助を見て笑った。晃之助の問いを笑ったのではなく、たちまち金のありかに気がついて、気がつけば素早く懐に入れてしまう自分の性分を笑ったようだった。

「親父は気がつかなかったのかえ」

「知ってなさるでしょうね、多分。ええ、ご存じないわけがねえ」

所払いとなったばかりの時だった。住み慣れた場所を追われるその処分は、駒次郎にとって、考えていた以上に重い罰となった。当然のことながら、うさんくさそうな目を向ける人達ばかりがいて、住み慣れた場所にはいてくれた世話好きな女が一人もいなかったのである。

しかも、その時、駒次郎は風邪をこじらせていた。以前に住んでいた長屋の女達から、「お前はいったい何をしているんだい」と尋ねられたこともないではなかったが、女達は、「ひょっとしたら」と疑いながらも、咳込む駒次郎を見れば、湯を沸かしてきてくれたり、葱をくるんだ晒布を持ってきてくれたものだった。一寸大に切った葱を入れた布をのどに巻いておけば、咳が楽になるというのである。

葱を持ってきてくれる者も葱を買う銭もなかったせいか、その時の駒次郎は一晩中、咳込んだ。

めしは食わなくってもいい、せめて水飴がなめてえ。

が、金はなかった。金がなければ、どこからかひねり出すほかはなかった。駒次郎は、熱のある軀に擦れて薄くなった着物を着せて長屋を出た。激しい咳に目がまわりそうだったが、歩いているうちには留守の家が一軒くらいは見つかる筈だった。留守の家が見つかれば、もう心配はない。金のあるところはすぐにわかる。留守の家さえ見つかればいい。あとは、あっという間だ。あっという間に金を握って、水飴を買うことができる。

が、留守の家はなかった。

「熱に浮かされて歩いていたもので、見逃していたのかもしれねえんですが」

駒次郎は、言訳をするように言った。

「熱はあるし、前の晩は眠ってねえし、たまらなくなって道端に坐っちまったんでさ」

そこへ通りかかったのが、市中見廻りの最中だった森口慶次郎であった。慶次郎は、駒次郎のようすを見るなり、辰吉と一緒に庄野玄庵の家へ行けと言った。

いやだとかぶりを振る気力すらなく、駒次郎は辰吉に支えられて玄庵の家へ行った。それから先のことはよく覚えていない。気がついた時は病間らしい一室に寝かされていて、起き上がろうとすると、その物音に気づいた玄庵の弟子が顔を出した。

「すみません。俺は、先生んとこの玄関でぶっ倒れたんですかえ」

「そうだ」と、弟子は答えた。咳と寝不足と空腹が重なって、軀が悲鳴をあげたらしい。熱を出し、めまいを起こして、まだ歩きつづけようとしていた駒次郎を倒れさせたのだ。そのかわり、駒次郎が粥を食べさせてもらうと、熱はひき、めまいもおさまった。

「弱ったな」と言う玄庵の声が聞えた。

「お前さんもご存じの通り、うちにゃ病間は一つしかない。つい先刻、女の病人がかつぎ込まれてね、弟子の部屋に寝かせてあるんだが」

粥で癒るくらいの病いなら家へ帰ってもらいたいが、一文なしのまま家へ帰れば、空き腹に耐えかねた駒次郎が空巣を働く心配がおおいにある。

「わかったよ」

と、慶次郎の声が答えた。

「熱が下がったといっても、明日から働けと言うのは酷だ。二、三日、俺があずかるとしようよ」

助かると、玄庵が言った。助かったと、駒次郎も思った。

敲も所払いもつらい。二度と盗みはしない決心はしたが、明日からの仕事がない。江戸には塩売りという、もとでいらずではじめられる商売があり、かつて駒次郎ももっこに山盛りの塩を天秤棒でかついで売り歩いたことがあったが、商売らしい商売をしたことがない肩は一日ですりむけた。病み上がりに選ぶ商売ではなかった。二、三日でも慶次郎の屋敷にいられるのなら、その間に他の商売を思いつくかもしれなかった。

「が、思いつかずに二分盗み、か」

「へえ」

　駒次郎は肩をすぼめた。

「旦那の財布から盗みやした。奥様はもうお亡(な)くなりになっていやしてね、お嬢様は十四か十五だった。旦那がお出かけになる時のお世話も、一所懸命なすっていたが、そりゃ奥様のようなわけにはゆきやせんやね」

　三千代の姿が脳裡(のうり)をかすめた。屋敷の前に立っていた三千代を見かけたのも、彼女が十四の時だった。以来、片時(かたとき)もその姿が脳裡から離れず、晃之助は、みずから父に頼んで森口家の聟(むこ)となることをきめてもらったのだった。

「旦那の財布から二分盗み出すなんざ、わけのねえことでしたよ。おまけに一月(ひとつき)たっても一年たっても、旦那は何も言ってきなさらねえ。俺も若かったからね、定町廻りだって盗まれたことに気がつかねえことがあるんだ、ただの商人はもっと気がつかねえ筈(はず)だって思ったんでさ。ええ、それで重たい塩をかついでいるのが、ばからしくなっちまった」

慶次郎はなぜ、駒次郎を捕えに行かなかったのだろう。二分くらい、くれてやれと考えたのだろうか。が、それはあまりにも安易な考えだ。

「で、もっぱら空巣に精を出すことにしたんだが、どうしてもひっかかるんでさ、旦那の財布から二分盗んだことが」

晃之助は、爪(つめ)を噛(か)んだまま駒次郎を見た。思いがけない姿だったのかもしれない、駒次郎は目をしばたたいて晃之助を見返した。

「だって、そうじゃありやせんか。旦那は、俺がどうしても二分入り用だったんだと思いなすったにちげえねえ。二分あれば当分の間はしのげる、あとは所払いに懲(こ)りて、まともに働く気になるだろうと、そう考えなすったにちげえねえんですよ」

晃之助は、腕を組んで足許を見つめた。草履の鼻緒はますますゆるみ、今にも切れそうだった。晃之助は、月に青白く光る小石を踏まぬよう、少し駒次郎から離れた。

「こわくなりやした、へえ。が、旦那のお気持に背(そむ)いては申訳ねえ、そういうのとはちがう。自慢じゃねえが、人の情けを仇(あだ)で返したことなんざ、いくらもある。そんなことばかりしている手前(てめえ)の行末が、急にこわくなったと言った方がいいかもしれねえ」

道の端に寄った晃之助を追って、駒次郎も道の端へきた。話のつづきをするのかと思ったが、なかなか口を開こうとしない。静まりかえった根岸の道に、ふたつの足音がばらばらに響いた。

「あのね」

と、ようやく駒次郎が言った。

「いろいろ考えているとね、俺みたようなばかでも、こわくなってくるんでさ。あの世で罰が当っても、その時はその時と考えるろくでなしでも、腹ん中へつめたい風が吹き込んでくるような時がある。旦那から盗んだ二分を遣っちまったあともそうだった。このまんまじゃどんな骰子の目が出ても、上がりは野垂死だってね」

「上がり?」

「へえ。双六の上がりでさ。近所の餓鬼が道端に双六をひろげて、骰子を振っているのを見て、そう思いましたよ」

双六は、骰子を振り、その目の数だけすすんで上がりを競う遊びである。東海道五十三次のような絵が描かれていて、箱根の関所の絵にすすむと「ふりだしに戻る」の指示があったり、大井川には「一度休み」と書かれていたりする。

言われてみれば、晃之助も双六の上を歩いているようなものだった。ふりだしは吟味与力の伜、三千代に出会って六つすすんで、三千代の死でふりだしへ戻った。が、幸いなことに、骰子はふたたび前へすすむ目を出してくれている。

駒次郎のふりだしは、親の顔も知らない子供だったのかどうか。しかも、駒次郎の双六には、空巣の絵が多かった。一つすすんで空巣、三つすすんで空巣、四つすすんで塩売りへ行けることもあるが、次に振った骰子の目が六つであろうと五つであろうと、また空巣になる。上がりが、誰からも相手にされなくなっての野垂死であるのも恐しい。

「こわい、こわいと思っているうちに、俺あ、手前がいやになってきたんでさ」

駒次郎が、ぽつりと言った。

「旦那の財布から盗んだ二分で暮らしている間にゃ、軀ももと通りになった。ならば、なぜ働かねえ。天秤棒で肩がすりむけたって、死にゃしめえ。野垂死の上がりより、どれほどいいかって、そう思いながら空巣がやめられねえ。空巣の双六をたたんでおきながら、また開いちまう」

駒次郎の蹴った小石が、骰子のようにころがって行った。

「でも、どこかに仏の旦那のお気持がしみ込んでいたんですね。旦那が仏の旦那の息子さんだとは知らなかったが、旦那が備後屋に必死で嘘をついていなさるのを見て、俺あ、夢中で飛び込んじまった。そんなこたあねえ筈なのに、旦那が空巣をやめられなくなっちまうような気がしたんで」

「そうか」

「ばかだね、俺も」

晃之助は黙っていた。

「ばかだから、空巣をやめられなかったんですが」

返事はみつからない。

「これでもう、空巣はできねえよなあ」

独り言のようだった。空巣を働けなくなる自分を、淋しいと思っているようだった。それを見て、晃之助までが淋しいと思ったのは、どういうわけか。確かに、空巣をやめられてよかったとばかり言ってはいられない。慶次郎と佐七を叩き起こして駒次郎に酒を飲ませてやって、そのあとをどうすればいい？

鏡台の持主は、何もなかったことにしてくれと言うだろう。鏡台以前に駒次郎にしのび込まれた家も、盗まれたものはないと言うにちがいなかった。

駒次郎を小伝馬町へ送る理由はない。少し時がかかり過ぎたが、慶次郎が盗まれた二分に知らぬ顔をしたことで駒次郎の目が覚めたのだとすれば、晃之助も、今は自分が下げている風呂敷包の鏡台に目をつむった方がよいのかどうか。

晃之助は、駒次郎には聞えぬように舌打ちをした。慶次郎には時々、厄介な問題を押しつけられると思った。押しつけられるのが当然で、不愉快ではないのだが、頭が痛い。

ま、いいか。

とにかく、駒次郎という男が空巣から足を洗う気になったのだ。慶次郎は喜ぶだろう。自分も、この男のために、これから以後はこの男に狙われることのなくなった人達のために、まず喜ぶことにしよう。

駒次郎がしのび込んだという寮の前を通り過ぎると、美濃屋と山口屋の寮が見える。二つの寮は、透きとおった闇を含んで夜空に浮かび上がっていた。

正直者

ばかっ正直だからね、あの子は。

もう直太は立ち去ったと思っているのだろう。直太から浅蜊のむきみを買った裏長屋の女房二人が、むきみを入れた丼を持ったまま立話をはじめた。

「釣銭を一文間違えても、わざわざ引っ返してくるんだってさ」

「知ってるよ。正直はいいけど、一文間違えるたんび、引っ返していたら、むきみが腐っちまうだろうって心配していたところさ」

「この間なんざ、呼びとめて一合おくれと言ったら、釣銭を返しに行くところだからあとにしてくれと言われちまった。むきみ一合はかるくらいの手間が何だと言ったんだけど、ちょっと待ってくれの繰返しでね。あやまる暇に、ちょいと枡を持ってはかってくれりゃいいのに」

「こちとら、釣銭をもらうようなおあしなんざ見たこともないものねえ。商売も手っ取り早くすむだろうに」

「その通りさ。わたしゃ、あの子の一得意だけど、あの子の融通のきかないのには恐れ入るね」

「それよりも、一得意ってのに恐れ入るよ」

あははと男のような笑い声が聞えて、それぞれの表障子を閉めた音が聞えた。閉まる瞬間にずれはあったものの、障子が跳ね返って出入口に隙間ができたにちがいない音の強さは同じだった。

何をしてるんだよ、畳を水びたしにしちまってと、悲鳴のような声で子供を叱っているのは、『一得意』の女の方だった。直太は、商売物がまだ少し残っている荷をかついで歩き出した。

立ち聞きをしていたと思われたくないせいもあって、「むきみよう」の売り声が出てこない。鳥越神社横の細い路地に入ってから、やっと声を出す気になったが、それも我ながら元気がなかった。足許ばかりを見て歩いていて、直太がくるのを待っていてくれる老人が、丼を振って呼んでいるのにも気づかずに通り過ぎるところだった。

正直者になれという母の遺言を守っている直太が、実は「ばかっ正直」とむしろ嘲られていると知ったのは、つい先日のことであった。「もうじき、むきみ売りがくるだろうけど、あの子はばかっ正直だからね。釣銭が一文足りなかったと言ってみな。お辞儀の大安売りをするから面白いよ」と、浅草茅町の羽根問屋と菓子屋の女中が立ち話をしているのを聞いてしまったのだった。

聞き違いではないかと思った。遺言もそうだったが、母親のおきくは口癖のように「正直者になれ」と言っていたし、天王町の岡っ引、辰吉のもとへ釣銭を届けに行った時は、来合わせていたもと定町廻り同心が、「正直の頭に神宿る、今に必ずよいことがある」と、十三歳だった直太の頭を撫でてくれた。第一、鳥越神社脇に住んでいる老人のように、直太がくるのを待ってむきみを買ってくれるのは、直太の正直を愛でていてくれたからではなかったのか。

「俺、勘定ができないからな」

手習いには、六つから十二歳まで通った。文字を覚えるのは早く、九つの時に小島暁海という師匠の名前が書けたほどだったが、算盤はあまり上達しなかった。暗算も苦手で、ことに引き算と割り算が嫌いだった。母のおきくは、もう一年、算盤の稽古をみっちりやれと言ってくれたが、おきくの額に疲れのしみがにじみ出てきた頃ではあり、簡単な勘定ならできるのだからと、やめてしまったのがいけなかったのかもしれない。十六になった今でも、釣銭を間違えてしまうのである。

その日、直太は、晩飯もろくに食べなかった。翌日の商売もぼんやりしていて、店へ戻ってきて勘定をすると、売り上げの銭が足りなかった。
釣銭を多く間違えた時は、十人の客のうち九人までが黙っている。得をしたとにんまり笑いながら、銭をためている竹筒へその分を投げ入れているにちがいなかった。返してくれと言ったことはないが、彼等が正しいことをしているとも思わない。森口とかいったもと定町廻り同心の言葉がほんとうであれば、正直な直太の稼ぎがふえて、釣銭をごまかした人達の竹筒から、ためた銭の出て行くのが当り前なのである。
が、彼等の竹筒に銭がたまり、直太は間違えた釣銭分を、その日の稼ぎの中から店の主人に支払っている。自業自得だと言われて、自分もその通りだと思っていたが、考えてみれば間尺に合わない話であった。その上になぜ、釣銭をごまかしている者達に嗤われなければならないのか。

考えれば考えるほど腹が立つ。辰吉の家にいた森口というもと定町廻り同心に頭を撫でられて、いい気持になっていた自分も情けない。いつか、住まいのある深川蛤町周辺や毎日商売に行く浅草界隈の人達に、「正直者の直ちゃんを見習いな」と言ってもらえるようになることを、直太はひそかに夢見ていたのだった。

何が正直の頭に神宿る、だ。

もと定町廻りは他人だから仕方がない。その上、奉行所は正直であることを奨励している。もと奉行所の人間が、わずかな銭を届けに行った少年を褒めぬわけにはゆかぬだろう。が、おきくは、直太が生れてくれただけで幸せだと言っていたのだ。大事な子のためにならぬことを、母親が言うわけはない。まして、その子のためにならぬ遺言を、母親が残すだろうか。

「おふくろも、俺が正直者になれば、お奉行所から褒美でももらえると思っていたんだろうか」

直太は、仕立て直しの内職で暮らしを支えてきたおきくの軀が心配になり、手習いをやめた。むきみを売り歩かせてくれと、近所の店へ頼みに行ったのも直太自身だった。

はじめて商いに行く日、おきくは仏壇に燈明をあげて涙ぐんでいた。そんなごたいそうなことはしないでくれと言ったのだが、無事に帰ってこられるようにと、出かける直太の背に切火をきってくれて、腹が空いただろうからと、直太の好物の焼芋を買って帰りを待っていてくれた。

隣りのおしげの話では、天秤棒で肩がすりむけるのではないだろうか、わるい奴に因縁をつけられて困っているのではないだろうかと、心配ばかりしていたらしい。よけいな心配をするなと強がってみせたが、肩は真赤にむけて湯につかることも洗うこともできなかったし、因縁もつけられた。梳いたことのないような髪をして、男物の下駄を突っかけた年増が、腐っているにおいがする、お腹の具合がわるくなったらお前のせいだとすごんだのである。

そんなことをおきくに打ち明けたのは、ようやく商売のこつがつかめてきた頃だった。焼芋を食べていた記憶があるので、十四の冬だったかもしれない。

「いいよ、お前が釣銭をごまかしたのでなければ」

と、おきくは言った。

「気持よく生きられるのは、正直者だけさ」

その通りだと、その時は直太も思った。焼芋にかぶりつきながら、年増の姿や言葉を笑い話にできるのは、自分がわるいことをしなかったからではないか。

「おまけに、まだ気持よく腹が空いてらあ」

「まったくもう。いくら食べりゃ気がすむんだよ」

そう言いながらも、おきくは針仕事の手をとめて、笑いながら土間へ降りて行った。土間に漬物樽があり、そこから蕪を出してくれたのと、その蕪が食べ頃の一歩手前だったことを、なぜかはっきりと覚えている。

おふくろが間違ったことを言うわけがねえんだが。

でも——と、直太は思った。正直者になれと、おきくが直太に言わなければならない理由が、一つだけあったのではないか。

直太は、かぶりを振った。そんな風には考えたくなかったし、そんなことを考えた自分もいやだった。が、一度浮かんだ考えは、消しても消しても頭の隅にこびりついていた。こびりついていて、思いがけぬ時にふっと浮かんでくるのである。

ことによるとおふくろは、自分が正直者になれなかったので、俺にそう言ったんじゃねえのか。

「まさか」

焼芋はうまかった。いつ食ってもうまいと言って喜ぶと、翌日も、その翌日も焼芋が直太を待っていた。おふくろにうまいものを食わせたいのに、俺の稼ぎが焼芋になっちまうと言っても、おきくは、焼芋代はわたしの手間賃、お米をお前の稼ぎで買わせてもらったと米櫃（こめびつ）の蓋（ふた）を開けてみせてくれた。食べ頃にはなっていなかった蕪も、そんな母の漬けたものだと思えばまずくはなかった。

仲のよい母子（おやこ）であったと、自分でも思う。来年には所帯をもつ気でいるらしい貸本屋の娘、おゆみが、「おっ母（か）さんとわたしと、どっちを大事にしてくれる？」と、真顔で尋ねていたのもむりはなかった。

が、おきくは嘘をついていた。それも、直太にとっては大きな嘘だった。

三つか四つの時だった。どこの家にも父親がいるのに自分の家にはいない、父親はどこにいるのかと直太は尋ねたことがある。おきくは、直太にそう聞かれるのを覚悟していたらしく、「極楽っていうところにいるから」と、よどみなく答えた。

しばらくの間は信じていた。信じていたが、おしげをはじめ近所の女房達は、「直ちゃんはお父つぁんに会いに行かないのかえ」と意味ありげな笑みを浮かべて言う。「極楽にいる」と答えれば、「おや、どこの極楽なんだろうね」となお笑う。気がつくと、位牌もなければ、墓参りに行ったこともなかった。父親は極楽にいるとは、おきくの嘘だったのである。

父親は、江戸のどこかで生きているようだった。そうと知ったのは、親が陰で言っていることをそのまま口にしてしまう悪童のいる、手跡指南所へ行くようになってからだった。

「親なしっ子」

と、悪童達は直太を罵った。

「お前のお父つぁんは、小間物問屋の隠居だってさ。お前のおっ母さんが、誰にも内緒で生んだんだってさ」

「ちがうよ、日本橋の菓子屋のおじさんなんだってさ。だけど、聟とか養子とかいうものなんで、お前を子供と言えないんだってさ」

師匠が悪童達を叱ってくれたが、悪童達の言葉に耐えきれず、家へ駆け戻ったこともある。

「俺のお父つぁんは、誰なんだよ。どこにいるんだよ。小間物問屋の隠居の子だなんて言われて、おっ母さんは口惜しくないのかよ」

それでもおきくは、「お父つぁんは極楽にいる」を繰返した。ならば父親と寺の名前を教えろと問い詰めても、「お前のお父つぁんとの約束で教えられない」と答えるし、その約束と教えてくれという俺の頼みとどっちが大事なのだと迫っても、「お前を生みたかったから、そういう約束をしたのだ」と言う。涙をにじませて直太を抱きしめることはあっても、父親の素性をほのめかすことはなかった。

諦めたわけではないが、手習いに通わなくなってからは、直太もおきくを問い詰めたりはしなくなった。世の中には、母親の胎内にいる間に父親を亡くしてしまう子もいるだろう。それに、顔を合わせれば小間物問屋の隠居がどうしたの、菓子屋の聟養子がこうしたのと直太をからかっていた悪童とは、まったくといっていいほど縁が切れた。商売に行く浅草界隈の人達は、直太が父親のわからぬ子であることを知らないのである。

それに、おゆみは、おきくの気持がよくわかると言う。おゆみは直太と同い年で、つきあいはじめたのは、まだ十四の時だった。直太の出自にまつわる噂は早くから耳にしていたらしく、好きな男の人と一緒になれないのなら、せめてその人の子供を生みたいと思うのは当り前だと、その頃からませたことを言っていたのだった。

「いいじゃない？　直ちゃんのお父つぁんが誰だかわからなくたって。おばさんは直ちゃんを、直ちゃんとその人の二人分、好きなんだと思う。それでも直ちゃんがつまらないんなら、わたしが直ちゃんをうんと好きになって、足りない分を埋めてあげる。それで、わたし達に子供が生れたら、その子に同じ思いをさせないように、長生きをして可愛がっておくれよ」

直太はうなずいた。腹の底では、おきくがなぜそこまで父親の名を隠すのかと釈然としないものがあったが、とりあえず、おゆみの意見に従おうと思った。

おばさんの気持がわかるというおゆみを、おきくが可愛がらぬ筈がない。いずれ姑と嫁の喧嘩もするだろうが、家を出て行くの離縁してくれのという騒ぎにまでなることはなさそうだった。やがて生れる孫を抱いて、おきくは顔中をゆるませるだろう。父親の名は、そうなってから尋ねればいい。あの男の血が俺の中にも流れているのかと、そっとその男のようすを見るくらいは許される筈であった。

が、おきくは、風邪をこじらせてあっけなく逝ってしまった。懸命に看病してくれたおゆみの手をとって「直太を頼んだよ」と言い、次に直太の手を握りしめて、「正直者におなり」と言って息をひきとったのだった。

直太の父親が誰であるかという穿鑿は、まだつづいている。線香をあげにきてくれた呉服問屋の主人があやしいなどという噂さえ流れているが、ともかく惚れた男の子供を生んで、その子も無事に育ってくれたのだ。おゆみの言う通り、幸せな生涯だったと思ってやった方がよいのかもしれない。

が、残されたその子は今、「ばかっ正直」だと嗤われている。「ばかっ正直」は、おきくの遺言を守っていたからであり、遺言を残したおきくは、直太の父親は極楽にいるという嘘をつき通していたのである。お前さんの名は生れてくる子供にも言わない、だから決して迷惑はかけないと約束して直太を生んだのだろうが、それならば父親の方も、外に子供はいないと言っているだろう。女房やら兄妹やら世間やらを、あざむき通しているのである。正直者になれと言われた直太は、嘘と嘘の間に生れおちたようなものではないか。

直太は、足許の小石を思いきり蹴った。小石は澪通りを転がって、大島川に落ちた。くそ。おふくろが生きていりゃあ、喧嘩を吹っかけてやるものを。

おきくは直太の剣幕にうろたえて、思わず父親の名を口走ったかもしれない。決して喋らぬという枷がはずれて、おきく自身も気が楽になったかもしれぬのである。が、すでにおきくはこの世にいない。

一風呂浴びて、おゆみの家へ行こうと思った。今日の汗を流しているうちには、おゆみの父親も帰ってきて、一緒にめし――ということになるだろう。湯屋の帰りに酒屋へ寄って、父親のために一升買って行くのもいい。

湯屋へ行こうとした足がとまった。もう一人、正直はいいと言った人物がいたではないか。その人物は、まだ生きている筈だ。

直太は、天王橋へ向って走った。天王橋付近にも、直太を待っていてくれる人は多い。辰吉の家からも、時折、縹緻はよいのだが陰気な感じのする女が出てきて、むきみを買ってくれる。

あの時――直太が釣銭を返しに行った時はまだ、その女はいなかった。開けっ放しの表口に遠慮なく入って案内を乞うと、たすきがけの辰吉が庖丁を持ってあらわれて、いい時にきてくれたと言った。ゆがいたむきみと葱でぬたをつくり、森口というもと定町廻りと、ひさしぶりに飲むつもりだという。先に飲んでいたらしいもと定町廻りも、直太と辰吉の話を聞いて表口へ出てきたのだが、酒の勢いで「正直の頭に神宿る」と言われたのではたまったものではない。

天王橋が見えてきた。直太は、橋のたもとにある辰吉の家に飛び込んだ。

辰吉は家にいた。尋ねたいことがあると言うと、上がれと茶の間を指さしたが、直太はかぶりを振った。開け放しの障子の間から、辰吉の内緒の女房らしいという陰気な感じのする女が、菓子を懐紙にくるんでくれたのが見えた。

「もう三年も前のことになるけれど、親分とこに森口ってえ旦那がきていなすったじゃありませんか。すみませんが、その旦那のお住まいを教えちゃもらえませんか」

「いいよ」

辰吉は、あっさりと言った。森口慶次郎というそのもと定町廻りは、根岸にある山口屋の寮で暮らしていて、いまだに相談事を持ち込む者がいるという。

「多分、いなさると思うが」

と、辰吉はつけくわえた。

「相談をもちかけられれば、ひょいと腰を上げちまうお方だからね」

留守をしていることも多いようだった。直太は、礼を言って外へ出ようとした。陰気な感じのする内緒の女房が、直太を呼びとめて菓子の包を渡してくれた。

山口屋の寮は、すぐにわかった。時雨岡の不動堂前に、もう戸をおろしていたが小さな店があり、そこから小川に沿って歩いて行くと、こぢんまりとした寮が二軒ならんでいた。奥の方が山口屋の寮だとは、辰吉が教えてくれた。

日は暮れかけていた。直太はしばらくためらったが、薄闇にせかされて小川の橋を渡り、くぐり戸を押した。思いがけず薪を持った老人が通りかかり、あたりを見廻していた直太に、「旦那に用かね」と声をかけてきた。

直太はうなずいた。もと定町廻りを呼んでもらっても、用事はないような気がしたが、薪を持った老人は、「また旦那にお客だよ」と不機嫌な声で言いながら、暗くなってきた庭の奥へ消えて行った。

もと定町廻りの男は、表口からあらわれた。無腰の着流しで、三年前に会った時と少しも変わらぬ姿だった。文句を言うより先に懐かしくなって、直太は、もと定町廻りに駆け寄った。もと定町廻りの口許に笑みが浮かんだ。

ああ、あの時の正直者――。

そう言ってもらえると直太は思った。が、もと定町廻りの口から出てきたのは、「すまねえ。誰だったたっけ」という言葉だった。

何だと？

直太は、胸のうちで叫んだ。

正直の頭に神宿る、今に必ずよいことがあると、そう言ったくせに。そう言った相手の顔も覚えていねえのかよ。

「すまねえ」

と、もと定町廻りは繰返していた。

「すっかり年齢をとっちまってね。物忘れがひどくなっちまったんだよ。すまねえが、名前を教えてくれねえかえ」

「ばかやろう」

俺を、江戸一番の正直者と思っていてくれたんじゃねえのか。

「ばかやろう。顔も覚える気もねえのに、いい加減なことを言うな」

もと定町廻りが何か言ったようだったが、もう聞いてはいなかった。直太は身をひるがえして走り出した。

それが去年のことだった。あの時から直太はむきみ売りをやめ、賭場の歩きをして暮らしている。

歩きとは、旗本の中間部屋などで開かれている賭場に毎夜顔を出し、客の使い走りをして小遣いをもらう仕事である。博奕に夢中になればなるほど客は席を立たなくなり、鼻紙を買ってきてくれとか、金がなくなったので羽織を質入れしてきてくれとか、さまざまな用事を歩きに頼む。

賽の目が読めずに負けている客でも、用事を頼めば小遣いをくれぬことはないし、大当りの客ははずんでくれる。収入はむきみを売っている時よりよくなったが、おゆみの両親は、直太が遊びに行くといやな顔をするようになった。おゆみが留守だったのをよいことに、今度にしておくれと母親に言われたのが五日前、歩きに娘をやるつもりはねえと、父親にはっきり言われたのが昨日のことだった。

直太は、肩をそびやかして帰ってきた。おゆみの父親も、一合の酒にほろ酔いとなった時、「世の中、正直者がいい目をみるとはかぎらねえ」と、貸本を次から次へと又貸しされていた例をあげて、嘆いていたことがあったのだ。

だったら、俺が賭場の歩きになってどこがわるい。

骰子の目は丁と半しかない。いかさまという話を聞かぬでもないが、丁の目に賭けた人は、丁の目が出れば金が稼げるのである。ばかっ正直も嘘つきもない。貸本の又貸しをされることもなければ、多く渡してしまった釣銭をごまかされることもない。賽の目が読めず、一文なしとなって帰って行く者を愚かだと嗤う人はいるだろうが、当人も嗤われて当然と納得している筈だった。いや、当人が、自分は愚かであると誰よりも思っているにちがいなかった。正直はよいことだと言っておきながら、間違えた釣銭を返しに行く者を、ばかっ正直だの融通がきかないだのと嗤うのとは、わけがちがうのである。

おゆみと所帯をもたせねえというなら、それでもいい。正直ばかりが能じゃねえのなら、むきみを売ってるばかりが能じゃねえ。賭場へ出入りしている男の方がいいってえ女だって、どこかにいるかもしれねえんだ。

昨日のことを思い出しながら胸のうちで呟いていると、隣りに坐っている中間の小助に脇腹をこづかれた。蠟燭の明りの中で、手を振っている男がいた。用事を頼もうとしているのだった。

「まさか眠っているのじゃないだろうね」

このところ、十日に一度くらいの割合で顔を出す男だった。商家の隠居という触れ込みだったが、もとは大店の番頭であったらしい。安兵衛という名で、店をやめた時の金で家作を買い、その店賃でのんびりと暮らしているようだと小助達は話していた。

「すまないが、鼻紙を買ってきておくれ。風邪のせいかどうか、今夜はどうもいけない」

旗本屋敷は本所にあり、昼も夜も人通りは少ないが、屋敷を出て真っ直ぐに行けば突き当る石原町に、それが目当ての雑貨屋がひそかに店を開けている。

直太は、金を受け取って裏木戸を出た。提燈もいらぬ満月だった。

真夜中の月の光は明るさを増して、足許の小石さえよく見えるが、あたりは賭場の熱気が嘘であったように静まりかえっていた。近くの旗本屋敷の中間部屋でも賭場が開かれているにちがいなく、出入りする人達や、用事を頼まれて飛び出してくる歩きに出会ってもよさそうなものなのに、直太を追ってくる足音は直太のものだった。

賭場には慣れたが、この静けさにはいまだに慣れない。静けさの中には必ず物音があって、それが静まりかえっているこのあたりを、なお静かに、不気味にしてしまうのである。

直太は、やぞうをつくろうとした手を耳に当て、月夜の道を走った。執拗に追いかけてくる自分の足音を聞きたくなかった。

屋号もなく、粗悪な品だが何でも揃っているのでよろずと呼ばれているその店に、やっと辿り着いてくぐり戸を叩いた。顔馴染みになった亭主が開けてくれた。つい先刻、近くの旗本屋敷から歩きが鼻紙やら煙草やらを買いにきたというが、店の中も静かだった。女房はとうに寝んでいるのだろう。

「はいよ、お釣り」

直太は鼻紙を懐へ入れ、釣銭を握りしめて今きた道を走り出した。

黙って月が照らしていて、どこかから鳥の鳴くような声が聞えて、木戸が風に開け閉めされているらしい音が聞えてきた。が、やはり、通る人はいない。

額ににじんできた汗を拭うつもりで、直太は何気なく手を開いた。釣銭の数が多いような気がした。かぞえてみると、やはり二文多い。

直太は、石原町をふりかえった。月に照らされた道が、ひっそりとつづいていた。旗本屋敷へ戻る方が、はるかに近い。

「返しに行ってやろうか」

一文二文のわずかな銭で雑貨屋の暮らしがたたなくなることはないだろうが、ことによると、亭主も直太と同じように引き算が苦手なのかもしれない。返しに行ってやれば、明日からは気をつけて勘定をするようになるだろう。

「冗談じゃねえ。何を考えてるんだ、俺は」

間違えた釣銭を返しに行って、ばかっ正直と嗤われたではないか。二文を返しに行けば、安兵衛は使いが遅くなった理由を尋ねる筈だ。わけを話せばまた、「ばかっ正直だ」と嗤われる。それに、直太がよけいに渡した釣銭を返してくれた人などいなかったではないか。第一、この静まり返った道を二度も往復するなど、とんでもない話だ。

「さんざん釣銭をごまかされたんだ。おあいこだぜ」

直太は二文を袂へ投げ込んで、旗本屋敷の裏木戸をくぐった。

「待っていたんだよ」

盆茣蓙の前を離れ、手拭いで洟を拭いていた安兵衛が言った。

「こう鼻がつまっては、賽の目を読むも何もありはしない。そろそろ帰ろうかと思っていたんだ」

「遅くなりまして、申訳ありません」

直太は、懐に入れてきた鼻紙と、左手に握りしめていた釣銭を安兵衛に渡した。安兵衛は、自分の掌へ移された銭を懐へ入れずに眺めていた。蠟燭の明りは、部屋の隅まで届かない。直太は、四十五を過ぎて目がわるくなっているらしい安兵衛が暗さに悩まされているのか、或いは直太へあたえる小遣いの額を考えているのだろうと思った。

が、安兵衛の口から出てきたのは意外な言葉だった。

「足りないよ」

直太は、目を丸くして安兵衛を見た。

「一文足りない」

安兵衛は無表情に繰返したが、それでも、直太には安兵衛が何を言っているのかわからなかった。

「釣銭が足りないと言っているんだよ、一文だが」

安兵衛の言葉が、ようやく頭の中へ入ってきた。なぜ、二文ではなく一文なのだろうと、直太は思った。それも不思議だったが、賭場へくれば二両、三両という金を遣ってゆく安兵衛が、「一文足りない」と繰返すのも不思議だった。

「落としてきたのかえ」

と、小助が言った。そういう言訳があったと思った。

「そうかもしれません」

落着いて答えたつもりだったが、声が震えていた。よろずの亭主は一文よけいに寄越しただけなのに、引き算の下手(へた)な自分が計算を間違えて、二文よけいだと思ってしまったのだと気づいたのだった。見れば、膝(ひざ)の上に置いている手も、膝頭も震えている。小助が何か言ってくれたようだったが、直太は袂を探った。軀(からだ)が勝手に動いてしまったのだった。

小助が直太を見据えていた。無論、安兵衛も見つめていた。暗い部屋の隅にいるのに、自分にそそがれる二つの視線が見えるような気がした。直太は冷汗を流しながら、指に触れた二枚の銭を取り出した。

「何だえ、それは」

小助の声はひややかだった。

「落とした銭が、なぜ袂から出てくるんだ」

「それは……」

言葉に詰まるかと思ったが、自分でも不思議に思うほど簡単に嘘が出た。

「よろずを出る時、釣銭を袂へ入れたんですよ。でも、走ってきたんで、こぼれてはいけないと思って」

「手に持ったってえのか」

小助の細い目が光った。

「二文あるのは、どういうわけだ」

「一……一文は、昨日もらったおあしの残りです」

小助はちらと安兵衛の顔を見て、「まあ、いい」と言った。

「勘弁してやっておくんなさい。袂から取り出す時に間違えたようで」

「ごまかされたのかと思った」

と安兵衛は言って、掌の上の銭から数枚を取って直太に渡した。

「けちなことを言っていると思うだろうが、わたしは嘘とかごまかしが嫌いなんだよ。たとえ一文でも、お金はお金、大事にしないと罰が当る。歩きにごまかされるようなお金は持っていないのさ」

「ごもっともで」

小助が頭を下げ、安兵衛は盆茣蓙の前へ戻って行った。

「偉そうなことを言やあがって。手前は正直が好きなんじゃやねえ、ただのけちだ」

小助が低声で毒づくのが聞え、直太は自分の起こした小さな事件はこれで終ったと思った。

安兵衛はそれから一度賭け、やはり裏目が出ると、諦めて帰って行った。暁七つの鐘が鳴る前には誰もいなくなり、直太と小助だけが、蠟燭から行燈の明りにかえた部屋に残された。

直太が部屋を片付けている間に、小助は、博奕を黙認している主人になにがしかの金を届けに行く。旗本は何も知らぬことになっていて、目を覚ましたばかりの用人に渡してくるのである。いつもならば小助からも片付け賃をもらい、直太は、裏木戸から雀の鳴声が聞えはじめる道へ出る。

が、その日の小助は、用人部屋へ行く前に片付け賃を渡してくれた。「いいんですか」と、直太は小助を見上げた。その目の前で、火花が散った。

気がつくと、直太は盆莫蓙の上に倒れていた。小助が直太の顔を、いやというほど殴りつけたのだった。

「二度とくるなよ」

小助は、盆莫蓙から転がり落ちるまで直太を蹴った。

「釣銭を袂の中へ入れたなんぞと下手な嘘をつきゃあがって。安兵衛だって、お前の嘘に気づいたにちげえねえんだ。釣銭をくすねる歩きがいる賭場だと思われたら、大迷惑なんだよ」

小助の足が、起き上がろうとした直太の腰をもう一度蹴った。

直太は、小助を睨み返した。たった一度、大勢の人達がやっていることの真似をしただけではないかと思った。直太を殴り、蹴った小助も、主人から使いを頼まれた時に釣銭をごまかさなかった筈がない。

直太は、ふたたびこぶしを振り上げた小助に唾を吐きかけて部屋を飛び出した。

「ざまあねえや」

ころんですりむいた肘に唾をつけながら、直太は自分を罵った。

木戸番は一晩中起きているので今は就寝中、木戸番の女房が自身番屋の書役に留守を頼んで米屋へ出かけ、書役が当番の差配達に呼ばれて番屋の中へ入って行った隙を狙って焼芋を盗もうとしたのだが、書役は番屋の中へ入っても、番小屋を見張っていたようだった。「この野郎」という罵声とともに、番屋から飛び出してきたのである。逃げおおせたものの、たった今、書役の声が聞えたような気がしてふりかえった時に、でこぼこ道の穴に足をとられ、ものの見事にひっくり返った。たった一つ、盗みに成功した焼芋も、潰れて袂を汚していた。

直太は、大名屋敷の塀に寄りかかったままずるずると腰をおろした。潰れた焼芋が、おきくの気持であるような気がした。

「いっそ、書役につかまっちまえばよかったのかな」

こそ泥めと殴られて、定町廻り同心がまわってくるまで番屋に止め置かれて、同心から油をしぼられているうちに、ここ一、二ヶ月の盗みがばれて、大番屋へ送られることになる。そうなれば小伝馬町へ送られて、所払いぐらいは言い渡されるかもしれない。所払いはともかく、牢獄へ入るのがいやだが、ついてしまった盗み癖を直す機会にはなるかもしれない。

「が、背に腹はかえられぬってやつだ」

昨夜から何も食っていなければ、空腹で目がまわる。十七歳の軀は、目がまわって倒れるのを承知してくれない。倒れる前に、魚屋のざるから銭をつかみとって逃げるとか、女房が立話に夢中になっている隙に、台所の飯櫃からめしを掬いとってくるとか、敏捷に動いてしまうのである。

それにしても、落ちたものだと思う。

小助にもらった金がなくなったあと、それこそ背に腹はかえられなくなって、むき み商の店へ行った。二月ほど前のことだったが、案の定、もうお前を雇う気はないと断られ、こっちもその気はなかったのだと、天井から吊してあるざるの中の小銭を盗んだのがはじまりだった。

盗む直前と盗んだ直後は、これっきりで終りにしようと思うのだが、翌朝目が覚めると、寝床の中でまず、あそこの店は盗みやすそうだと考えている。よそう、やめようと思いながら軀がひとりでに動いてしまう、そんな暮らしがつづいているのである。

が、焼芋だけは盗んだ金で買わぬことにきめていた。甘い香りについ木戸番小屋へ近づいて行っても、懐の銭を握りしめて通り過ぎた。焼芋は、むきみ売りをしている正直者が食べるものだと自分に言い聞かせていた。それが、決心をしてからたった二月(ふたつき)で、盗んだ焼芋にかぶりついているのだ。

「落ちるところまで落ちたな、俺も」

潰れた焼芋を胃の腑(ふ)におさめてしまったからは、町方に捕えられるまで、盗みをつづけてゆくよりほかはあるまい。

直太は、唇についた芋を掌で拭(ぬぐ)いとって立ち上がった。逃げてきた道を引き返せば、上野新黒門町(しんくろもんちょう)へ出る。裏通りには、小売りの米屋や八百屋、魚屋など、天井から吊したざるに売り上げた銭や釣銭を放り込んでいる店が必ずある筈(はず)であった。

すぐに米屋が見つかった。小売りの米屋へは、近所の者達が毎日百文の銭を握ってくる。米は、百文につき一升一合といった値のつけ方で売られるのである。

店の亭主は、三十そこそこと見える男だった。小柄で実直そうだが、敏捷ではなさそうだ。女房らしい女が二つか三つと見える男の子を抱いて茶の間からあらわれ、亭主に何か言って戻って行った。あのようすならば、奉公人の数は少ないだろう。ことによると、店の奥にいる小僧一人かもしれない。

直太は、足早に店に近づいた。訝しげな亭主の表情に気づかぬふりをして、ざるの近くまで店に入ってしまう。

「すまねえが、ちょいと道を教えておくんなさい。天狗ってえ煙草屋を目印にしてこいと言われたんだが、迷っちまって」

覚えておいた店の名前を言うと、思った通り、亭主は店の外へ出て行って横丁を指さした。

「すまねえ。礼を言うぜ、親爺さん」

あとはざるに手を突っ込んで、銭をつかむだけだった。小僧が悲鳴をあげようが、突き飛ばした亭主が人を呼ぼうが、ひたすら走ればいい。横丁があれば横丁を、抜け裏があれば抜け裏を、頻繁に曲がって走りつづけていれば、いつか「どろぼう――」と叫ぶ声も聞えなくなる。

が、旗本屋敷の並ぶ一劃へ逃げ込んで、つかんでいた銭をかぞえてみると、四十二文しかなかった。もっとつかんだ筈なのだが、走ってくる途中で落としてしまったのかもしれなかった。

「ちぇっ。これじゃ、もう一度どこかで道を尋ねなければ、明日の朝の湯銭にもなりゃしねえ」

では、どうするか。

いつのことだったたか、おゆみ一家と団子坂の菊人形を見に行ったことを思い出した。かなりの人出だったたが、菊の季節が終われば、植木職人の家が目立つ閑静なところらしい。家並もまばらで、職人が植木の手入れをしている間に、女房が米や豆腐を買いに団子坂を降りて行くのかもしれなかった。

「鍵なんざ、かけやしねえだろうからな」

おい、空巣までやるつもりかよ。

「しょうがねえだろう。おゆみの親父は俺を寄せつけねえし、むきみ屋の亭主は俺を追っ払いやがったし」

直太は銭を手拭いでくるみ、懐へ押し込んで歩き出した。

山下から下谷広小路へ出て、仁王門前町を通り過ぎた。日が暮れたなら、とりやめにしよう、早く日が暮れた方がいい、そう考えていた筈なのに、なぜか足早に歩いていた。

「おい、待ってくんなよ」という声に気づいたのは、不忍池に浮かぶ中島への入口に近づいた時だった。

直太は、素早く周辺を見廻した。人通りはあったたが、白山下へ向っているのは直太一人だった。声の主は、直太を呼んでいるにちがいなかった。

知らぬ顔をして歩いていた方がいいと思ったが、足が言うことをきいてくれなかった。なお足早になり、駆足になったが、その時には声の主が追いついていた。

「おや、お前は――」

直太は横を向いた。忘れることのできない男、森口とかいうもと定町廻りが、裾を両手で持って目の前に立っていた。

「去年だったっけ、あの時はごめんよ。あのあとすぐ、どこで会ったのかは思い出したんだよ。辰吉んとこへ、釣銭を間違えたと言ってわざわざ届けにきた、むきみ売りだろう？」

直太は、首が痛くなるほど顔をそむけた。

「で、辰吉んとこへ行って、お前の名前を聞いた」

直太――と、もと定町廻りは言って笑った。

「な、今度はちゃんと覚えているぜ。近頃、直太がむきみを売りにこなくなったと、辰吉親分も心配していたよ」

よけいなお世話だと毒づきたかったが、声が出てこなかった。

「大分、息がきれたが、追いかけてきてよかったよ。そら、落としものだ」

もと定町廻りは、そう言って掌を開いて見せた。銭が一枚のっていた。

「仁王門前町の、花ごろもってえ料理屋から出てきた時さ。目の前を通って行った若え奴の懐から、小さな丸いものが飛び出してきてね。俺の足許へ転がってきたのだが。呼びとめても知らぬ顔で歩いて行くし、たった一文で追いかけるのも億劫だし」

もと定町廻りの手が直太の手をとって、銭を渡してくれた。

「佐七に買って行く煎餅代の足しにしようかと思ったのだが。その時に思い出したのが、お前のことさ。落とした奴は大分、先へ行っちまっててね、追いつくのに苦労したが、でも、よかったよ。落とした奴がお前とは思わなかったが、正直者の銭を俺がくすねたりしたら、とんでもねえ話だった」

ばかやろうと、わめくつもりだった。ばかやろう、今頃そんなことを言ったって、遅いんだよ。

が、唇から出てきたのは、「旦那――」という情けない声だった。

「俺は正直者じゃねえ。それは、米屋から盗んだ銭だ」

もと定町廻りは何も言わなかった。そのかわり直太を自分の陰へ引き寄せて、通る人の目を遮ってくれた。

「旦那。俺を伝馬町へ送っておくんなさい。俺にゃ盗み癖がついちまってるんだ」

「甘ったれるなよ」

と言う声が耳のそばで聞えた。

「町方は医者じゃねえ。盗み癖を盗み癖とも思わずにいる奴の根性は叩き直すが、直してえと思っている奴の治療をしている暇はねえんだよ」

直太は、もと定町廻りを見上げた。もと定町廻りは、直太を見て微笑んでいた。

「病いは気から。そういう病いは、手前で直しな。第一、お前のは病いじゃねえ。ただの、やけくそだ」

直太は、もと定町廻りにしがみついた。正直者に必ずよいことがあるとは、今この時をいうのではないかと思った。かつての正直な直太への褒美に、父親のような知り合いがあらわれてくれたにちがいないのだ。

もと定町廻りの手が、あやすように直太の背を叩いていた。直太は、いつのまにか濡れていた頰をこぶしで拭って、もと定町廻りから離れた。病いを直すには、四十三文を米屋へ返すところからはじめねばならなかった。

解説

藤原正彦

　父（新田次郎）は昭和五十五年に亡くなったが、その翌年、父と関係の深かった若手編集者達を中心に、スイス会という名の会が作られた。スイス会は原則として年に一度の国内旅行と忘年会、そして四年に一度の海外旅行を恒例行事として今日に至っている。

　旅行は主に父とゆかりのある場所を訪れる。

　北原亞以子さんがこの会に参加したのがいつか、正確には覚えていないが、私の網膜に残るもっとも古い彼女は、平成四年のスイス旅行の時のものである。えんじ色のベレー帽をかぶって少女のように微笑んでいた彼女である。

　二十人ほどの、私の三人息子達を除けばおじさんとおばさんばかりのグループに、色白の少女とはこれいかに、とそばの誰かに尋ねたら、「北原亞以子さんという小説家よ、知らないの」と言われた。

年譜で見ると、すでに新潮新人賞と泉鏡花賞をとっていたはずだが、それくらいでは一介の数学者である私の耳にまでは入ってこないらしい。話してみると、含羞をたたえた、どこか人なつこそうな方なので、これでは海千山千の文壇の中でこれから大変だろう、順調に伸びてくれればいい、などと勝手に思った。だからその翌年、彼女が直木賞に輝いたとの新聞報道を目にした時は、びっくりした。作品に対して与えられる芥川賞と違い、直木賞は人、すなわち力量のあることを証明された作家に与えられるからである。「えっ、あの人、そんなにすごい人だったんだあ」と驚いたのである。

そしてスイスのホテルで、夕食後に酒を何人かと飲んでいた時に、励ましたりしなくてよかったと安堵した。私は大学の教師を長く勤めているせいか、前途ある人を見ると、ほとんど知らない人でも励まさずにはいられない、という奇妙な癖がある。ケンブリッジ大学にいた時には、博士をとったばかりの若手数学者をパーティーで紹介され、五分後には数学者として生きるうえでの諸注意を与え大いに励ましてやった。この男がたった数年後にフィールズ賞（数学界におけるノーベル賞）をもらった時には、仰天し大いに恥じ入った。そんなことがあったから、北原さんとはふざけた話だけでよかった、とつくづく思った。

以後は、雑誌などで彼女の名を見つけるたびに作品を読ませてもらっているが、「慶次郎縁側日記」が始まる頃からは、押しも押されぬというか、日本を代表する江戸物作家となってしまった。順調に伸びてくれれば、などと内心思ったことが馬鹿らしく思えるほどの急成長であった。

天分に火がつくのは遅かったものの、一たん点火された後の怒濤の進撃は、宮城谷昌光氏にも似ている。若くして天分を開花させながら、その後はさほどの仕事を残さない人々も多くいるから、才能というものは面白い。一生のうちに創造する量は作家ごとに大方決まっていて、それをいつ出し始めいつ終えるかだけの違いかも知れない。これは数学のような分野でも似ているから、いつか脳生理学的に解明されるべきと思う。

粋と人情の慶次郎シリーズ第一作は「その夜の雪」(講談社文庫『その夜の雪』、朝日文庫『傷』に収録)である。私はこの抒情的作品が大好きである。このシリーズの魅力がほとんど出ているように思う。

この作品の主人公は無論、シリーズの中心人物である、南町奉行所同心を引退した森口慶次郎である。この作品では、一人娘の三千代がならず者に乱暴され、それを苦に自害してしまう。復讐に慶次郎が立上がり犯人を追う、というのが物語の大筋である。

ここで一つ驚くことがある。三千代が懐剣で胸を突く、という非業の死が初めから四ページ目に登場するのである。そして主人公の慶次郎はいきなり一人ぼっちになってしまう。

普通の作家なら、シリーズ主人公の家族くらいはもう少し生かしておこうと考えるのではないか。長いシリーズを予期していなかったのかも知れないが、北原さんの思い切りのよさであろう。風貌からは窺えない度胸の持主なのだろう。

他の作品でも、まず事件の起きることが多い。粋と人情の物語をハードボイルドか推理小説風に始める、というのは読者を引きつける効果を生んでいる。

「その夜の雪」で主人公の慶次郎は、娘を死に追いやった男を追いつめていくが、ここで仏の慶次郎とまで言われた彼が、「くそ」「殺してやる」と二つの場面で言う。「男を一生かかっても探し出し、三千代があじわったのと同じくらいのせつなさを感じて死ねるよう、一寸刻みに殺してやる」とまで言う。仏の慶次郎の面目躍如とさえ私は思う。主人公がいつも仏では間の抜けた話になる。いつもは穏かで慈愛に満ちた人柄でありながら、怒り狂うべき時には怒り狂う、という慶次郎のこの人間性が、シリーズのテーマである粋と人情を重層化し、主人公を魅力的にしている。

他の作品には見られない「怒り狂う仏」を、シリーズ第一作で描いたのは、恐らく計算されたものでなく、作家としての鋭い感覚によるものであろう。第一作での激情に流された仏の慶次郎こそは、シリーズ大成功を約束する初回の大ホームランであった。

本書『隅田川』を含めた慶次郎シリーズの魅力の一つは、主人公の回りを固める人々の配置の妙である。養子の晃之助、その奥さんの皐月、子分の辰吉、同僚の島中賢吾、医者の玄庵、それに岡っ引の吉次などである。

中でも特異なのは最後の吉次である。蝮の吉次と呼ばれるこの男は、「その夜の雪」で「あまり性質のよくない男で、十手をちらつかせて商家を強請っているのを見つけたことがある」と紹介される。といっても単なる悪党ではなく、人情を旗印に、善と悪の境界塀の上を歩いているような男である。妹夫婦の開業する蕎麦屋の二階の四畳半に住んでいて、「四畳半のほとんどが吉次の首を突っ込んだ事件の覚えを書きとめた帳面で埋まり、その真中に炬燵を入れた万年床がある。周囲には黴のはえたみかんの皮がころがり、泥まみれの足袋が脱ぎ捨てられ、夕食にしたらしい蕎麦の丼と箸が置いてあった」と描かれる。

そして不精ひげをはやし、頭をかくとフケがバラバラと落ちる。ひねくれていながら内心は素直で、ふてぶてしいかと思うと、本書中の「双六」にあるように、晃之助の赤ん坊である八千代に、風車売りとすれちがったので、と言い訳しながら袂から風車をとり出したりする。誰にでもある善悪美醜を思い切り増幅させたような快漢である。

一癖も二癖もあるこの男の、事件への絡ませ方は北原さんの名人芸である。本シリーズの登場人物は、作品をいくつか読んでいくうちに、隣人のように思えてくるが、もし男性読者の人気投票をすれば、きっと蝮の吉次が最高点となるだろう。ただ、こんなに汚らしくては女性票はまず得られまい。

荒れた事件の際には必らず顔を出すこの男が、本書『隅田川』ではさほど現れない。荒れた事件があまりないからである。筆を万引する悪餓鬼、鹿皮製の紙入れを置引きする男、糸一巻きを万引する八歳の少女、といった具合である。

吉次が登場しないから活劇はほとんどないが、その分、本書では人間描写が濃くなっている。「一炊の夢」では、刑事事件が一つも起こらないから、吉次どころか、慶次郎さえ最後の四ページで登場するだけだ。

ところがこのたった四ページの慶次郎の何気ない会話の中に、彼の人間的魅力が存分に表現されている。事件はないのにスリル溢れるこの作品は、最終四ページが加わって、読後感の抜群によい傑作となった。見事な五ページである。

北原さんの作品には、江戸の町名や店の業種が、端折らずに書かれている。本書中の「うでくらべ」でも、尾張町、新両替町、天王町などが現れるし、藍玉問屋、建具額縁問屋、瀬戸物問屋、薬種問屋、筆屋、葉茶屋などが出てくる。他の作品にもそれぞれに多くの町名が出て、蠟問屋、干鰯問屋、煤竹売り、餅網売りなど、わくわくするような名が登場する。こんな面白い町を歩いてみたい気になる。どんな店先かな、などと想像をふくらませているうちに江戸の町が少しずつ輪郭を表わし、映像化され、すっかりそこに入りこんでしまうということになる。

読者はいながらにして、江戸の町をうろうろ、きょろきょろすることになり、人々の声までが聞こえてくるようになる。そしてそこに生活する人々の、我々とほとんど変わることのない心の動きや哀歓に触れ、彼等と一緒にハラハラし、喜び、憤慨し、笑い、涙ぐみ、慰められたりもする。

人間には感動したり共感したりしたいという基本的欲求がある。だから高い料金を払ってわざわざ演劇や映画を見に行く。そして文学を読む。慶次郎シリーズはこの欲求を満たしてくれる。

また人間には、はかない人生に起因する限られた実体験を、少しでも豊かなものに拡大したいという基本的欲求もある。よい読書は、時空を超える醍醐味(だいごみ)とともに、この欲求をも満たしてくれる。

慶次郎シリーズが広く支持されこれからも支持されるだろう理由は、それがこの二つの基本的欲求を存分に満たしてくれるからなのだろう。

二〇〇五年八月

（ふじわら　まさひこ／数学者）

＊新潮文庫版に掲載されたものを再録しています。

隅田川（すみだがわ）
慶次郎縁側日記（けいじろうえんがわにっき）

朝日文庫

2023年８月30日　第１刷発行

著　　者　北原亞以子（きたはらあいこ）

発 行 者　宇都宮健太朗
発 行 所　朝日新聞出版
〒104-8011　東京都中央区築地5-3-2
電話　03-5541-8832（編集）
03-5540-7793（販売）
印刷製本　大日本印刷株式会社

Published in Japan by Asahi Shimbun Publications Inc.
定価はカバーに表示してあります

ISBN978-4-02-265113-6

朝日文庫

北原　亞以子
傷
慶次郎縁側日記

空き巣稼業の伊太八は、自らの信条に反する仕事をさせられた揚げ句、あらぬ罪まで着せられてお尋ね者になる。《解説・北上次郎、菊池仁》

北原　亞以子
再会
慶次郎縁側日記

岡っ引の辰吉は昔の女と再会し、奇妙な事件に巻き込まれる。元腕利き同心の森口慶次郎が活躍する人気時代小説シリーズ。《解説・寺田　農》

北原　亞以子
雪の夜のあと
慶次郎縁側日記

元同心のご隠居・森口慶次郎の前に、かつて愛娘を暴行し自害に追い込んだ憎き男が再び現れる。幻の名作長編、初の文庫化！《解説・大矢博子》

北原　亞以子
おひで
慶次郎縁側日記

元同心のご隠居・森口慶次郎は、自らを出刃庖丁で傷つけた娘を引き取る。飯炊きの佐七の優しさに心を開くようになるが。短編一二編を収載。

北原　亞以子
峠
慶次郎縁側日記

山深い碓氷峠であやまって人を殺した薬売りの若者は、過去を知る者たちに狙われる。人生の悲哀を描いた「峠」など八編。《解説・村松友視》

宇江佐　真理
おはぐろとんぼ
江戸人情堀物語

別れた女房への未練、養い親への恩義、きょうだいの愛憎。江戸下町の堀を舞台に、家族愛を鮮やかに描いた短編集。《解説・遠藤展子、大矢博子》